…お料理も、
いますか？」
ティナの専属メイド
エリー
ハワード家に仕えるウォーカー家の跡取り娘で、ティナと共にアレンの指導でその才能を開花させたメイドさん。
公女殿下の家庭教師 13
Tutor of the His Imperial Highness princess

「ちょっとだけ、大事《おおごと》になってしまいました」

「だから、アレン様に助けていただきたくて。
……ダメ、ですか？」
はいからメイドさん
リリー
リンスター公爵家メイド隊第３席。普段はちゃらんぽらんだが、稀有な才覚を持つ。突然『お嬢様』の格好で現れ!?

「寝言は寝て言いなさいっ！」
リンスター公爵家長女
リディヤ
『剣姫』。王立学校入学時からのアレンの腐れ縁。頭脳明晰で容姿端麗、剣も魔法も超一流の御嬢様。王都でシェリル王女の直属護衛官に戻る。

「その言葉――
そっくり返してあげるっ！」
ウェインライト第一王女
シェリル・
ウェインライト
『光姫』。アレン、リディヤの王立学校同期生。リディヤと互角の実力を持つ完全無欠の御姫様。王国動乱の結果、王位継承権は第一位に。

公女殿下の家庭教師

アレン

魔法の制御においては余人の及ばぬ領域にありながらも、己の実力に無自覚な青年。ついに“公的な身分”を得ることになる。

「狼族『流星』のアレン。貴方を私――ウェインライト王国
次期王位継承予定者シェリルの名において、
専属調査官に任じます」

「兄様を見倣って、
最近は毎朝晩練習もして——」

リンスター公爵家次女
リィネ
リディヤの妹。炎属性極致魔法『火焔鳥』を拙いながらも操る。王立学校に次席で入学した才女。

007 プロローグ
024 第1章
093 第2章
160 第3章
221 第4章
297 エピローグ
314 あとがき

CONTENTS

Tutor of the
His Imperial Highness princess

公女殿下の家庭教師13

大樹守りの遺言

七野りく

ファンタジア文庫

3253

口絵・本文イラスト　cura

公女殿下の家庭教師13

大樹守りの遺言

Tutor of the His Imperial Highness princess

The testament
of Greatwood guard

CHARACTER

登場人物紹介

『公女殿下の家庭教師』
『剣姫の頭脳』

アレン

博覧強記なティナたちの家庭教師。少しずつ、その名声が国内外に広まりつつある。

『アレンの義妹』
『王立学校副生徒会長』

カレン

しっかり者だが、兄の前では甘えたな狼族の少女。ステラ、フェリシアとは親友同士。

『雷狐』

アトラ

八大精霊の一柱。四英海の遺跡でアレンと出会った。普段は幼女か幼狐の姿。

『勇者』

アリス・アルヴァーン

絶対的な力で世界を守護する、優しい少女。

『ウェインライト第一王女』
『光姫』

シェリル・ウェインライト

アレン、リディヤの王立学校同期生。リディヤと互角の実力を持つ。

『王国最凶にして
最悪の魔法士』

教授

アレン、リディヤ、テトの恩師。飄々とした態度で人を煙に巻く。使い魔は黒猫姿のアンコさん。

『アレン商会番頭』

フェリシア・フォス

人見知りで病弱ではあるものの、誰よりも心が強い才女。動乱後、父親が行方不明に。

【双天】

リナリア・エーテルハート

約五百年前の大戦乱時代に生きた大英雄にして魔女の末裔。アレンへ、アトラを託す。

CHARACTER

登場人物紹介

王国四大公爵家（北方）ハワード家

『ハワード公爵』
『軍神』

ワルター・ハワード

今は亡き妻と娘達を心から愛している偉丈夫。ロストレイの地で帝国軍を一蹴した。

『ハワード家長女』
『王立学校生徒会長』

ステラ・ハワード

ティナの姉で、次期ハワード公爵。真面目な頑張り屋だが、アレンには甘えたがり。

『ハワード家次女』
『小氷姫』

ティナ・ハワード

『忌み子』と呼ばれ魔法が使えなかった少女。アレンの指導により王立学校首席入学を果たす。

『ティナの専属メイド』
『小風姫』

エリー・ウォーカー

ハワードに仕えるウォーカー家の孫娘。喧嘩しがちなティナ、リィネの仲裁役。

王国四大公爵家（南方）リンスター家

『リンスター公爵夫人』
『血塗れ姫』

リサ・リンスター

リディヤ、リィネの母親。娘達に深い愛情を注いでいる。王国最強の一角。

『リンスター家長女』
『剣姫』

リディヤ・リンスター

アレンの相方。奔放な性格で、剣技も魔法も超一流だが、彼がいないと脆い一面も。

『リンスター家次女』
『小炎姫』

リィネ・リンスター

リディヤの妹。王立学校次席でティナとはライバル。動乱を経て、更なる成長を期す。

『リンスター公爵家
メイド隊第三席』

リリー・リンスター

はいからメイドさん。リンスター副公爵家の御嬢様で、アレンとは相性が良い。

CHARACTER
登場人物紹介

アンナ	リンスター公爵家メイド長。魔王戦争従軍者。
ロミー	リンスター公爵家副メイド長。南方島嶼諸国出身。
シーダ・スティントン	リンスター公爵家メイド見習い。月神教信徒。
グラハム・ウォーカー	ハワード公爵家執事長。
テト・ティヘリナ	『アレンの愛弟子』。 教授の研究室に所属する大学校生。
レティシア・ルブフェーラ	『翠風』の異名を持つ伝説の英雄。王国最強の一角。
リチャード・リンスター	リンスター公爵家長男。近衛騎士団副長。
ギル・オルグレン	オルグレン公爵家四男。アレン、リディヤの後輩。
偽聖女	聖霊教を影から操る存在。その正体は……。
賢者？	大魔法『墜星』を操る謎の魔法士。
アリシア・コールフィールド	『三日月』を自称する吸血姫。
イオ・ロック・フィールド	アリシアに次ぐ聖霊教使徒次席。
ヴィオラ・ココノエ	偽聖女の忠実な僕。
ローザ・ハワード	ステラ、ティナの母親。故人。多くの謎を持つ。

プロローグ

「わぁわぁわぁ！　トゥーナ、リンスターの汽車だよっ！　書物には書かれていたけど、本当に鉄の機械が動いている……凄《すご》い！　凄い‼」

アヴァシーク平原西端に設けられた、殺風景な停車場に汽車が滑り込んでくると、淡い青髪の小柄な少年——私の弟であるニコロ・ニッティは歓声をあげ、駆け出した。

「ニ、ニコロ坊ちゃま、危ないです。ニケ様、失礼致します！」

弟の従者であるエルフの血を引く美少女——ニッティ家を長年支えてくれているソレビノ家の娘トゥーナが慌て、私に一声かけて弟を追う。

水都の決戦にて、聖霊教に内通していた義父のトニを喪《うしな》い、衝撃を受けてないわけはないのだが……悲しみを表に出さない。弟には過ぎた娘だ。

——リンスターとの戦が停戦して早三ヶ月弱。

大陸南方に位置するアトラス侯国とはいえ、冬の足音が聞こえてきている。

丘を利用し風を避けていても、寒風を完全には遮れず、昼間であってもかなり冷える。

二人はお揃《そろ》いの外套《がいとう》、毛糸の帽子、マフラー、手袋と防寒対策は完璧のようだが、仮にもニッティ家を代表してウェインライト王国の南都、そして王都へ出向くのだ。体調管理について出発前に注意しておかねば。

……聖霊教に狙われる可能性があるからこそ、王都へ行くことも。

ニコロだけでなく、初めて見る汽車にはしゃぐ王都、南都へ留学する子供達や、興味深げに様子を窺《うかが》う商人やアトラス侯国関係者を一瞥《いちべつ》した後、私は周囲を確認した。

そこにいたのは、二人を王都まで護送してくれる手筈《てはず》になっている、美しい黒髪に交じった灰鳥羽《とば》が印象的な女性とリンスターのメイド達。警護に当たってくれているのだ。

出発式典まで、多少気を抜いても大丈夫だろう。

「子供は寒い中でも元気ですな」

突然、後方から話しかけられ、私は振り向いた。

そこに立っていたのは、似合わぬ軍用外套を羽織り、淡い黒茶髪に丸眼鏡の地味な男だった。強いて言えば、糸目と小太りであることが特徴か……。

「アトラス侯。貴殿も来られていたのか」

この男の名はレイ・アトラス。

前アトラス侯爵が水都決戦下、不慮の死を遂げ、跡を継ぐべき勇将ロブソン・アトラスも、聖霊教使徒『黒花《こっか》』イオ・ロックフィールドと交戦し『七塔要塞《しちとうようさい》』で戦死。結果として侯爵位についた、アトラス侯爵家の三男だ。

今の地位に就くまで一切表に出て来ておらず、殆《ほとん》ど人柄や能力も知られていない。歳《とし》だけは私と同じ二十五と聞いているが……もっと歳を喰《く》っているようにも見える。

侯爵は顔色一つ変えずに自嘲した。

「式典の数合わせですよ。それと呼び方は、レイ、と。御存知の通り、私は侯爵と言っても名ばかりの身。現状この国の最大権力者は貴方です、ニケ・ニッティ殿。我が家中の皆も認めています。何せ、水竜と誓約を交わした方のお墨付きですしね」

私は自らが置かれた奇怪極まる立場を思い出し、顔を歪《ゆが》める。

吸血姫アリシア・コールフィールド、弟とトゥーナを核とした屍竜《しりゅう》、聖霊教の使徒達を悉《ことごと》く退けて水都を救い、水竜と誓約を交わした青年——『剣姫の頭脳』アレンに、南都の会議室で告げられた言葉も蘇《よみがえ》る。

『ニケ、アトラス侯国を君に任せます』

心中で何度繰り返したか分からない罵倒を放っていると、侯爵が目をさらに細めた。

「講和から僅か三ヶ月弱で、リンスター副公爵領の中心都市から我が国の国境まで平然と線路を敷いて見せる。戦役中、『緋天《ひてん》』は戦場でまともな魔法を一発も放たず、『血塗《ちまみ》れ姫』もアヴァシークや各都市で剣を少し振るっただけ。グリフォンによる空中襲撃を創始したと聞く『微笑《ほほえ》み姫』は副公都から動かなかった。……喧嘩《けんか》を売ってはいけなかったんでしょうな」

「全面的に同意する」

侯国連合が一連の戦いで受けた傷は恐ろしく深い。

アトラス侯国は連合を離脱。リンスターを後ろ盾とする従属国家として歩み始めた。残る北部四侯国も、港、橋、街道をグリフォンに叩《たた》かれ経済的な疲弊に喘《あえ》いでいる。

南部六侯国は三侯爵が聖霊教によって暗殺。ホッシ・ホロントは寝返り、使徒に。生き残ったのは左腕を喪った老ロンドイロ侯とカーライル・カーニエンの二人だけ。

そして、水都も……侯爵が淡々と問うてきた。

「王都へ顔を出しに行かなくて良いのですか？」

汽車の前で嬉《うれ》しそうにトゥーナと話している弟の横顔を眺め、私は頭を振った。

仕事を共にし、理解している——レイ・アトラスへ隠し事は不要。

「難題が山積している。アトラス侯都への線路延伸。グリフォンを用いた地図作成。戦役で親族を喪った者達への支援。才覚ある者の登用……到底動けん。『剣姫の頭脳』に訴えようにも、奴《やつ》は私以上の仕事を抱えている。気を付けておけ。あの男、『自分が出来るのであれば、他者でも出来る』と本気で思っているぞ。隙を見せたら貴殿もこうなる」

「それだけ信頼されているのでしょう。アレン殿の書簡には『全てニケに。責任は僕に』と。噂《うわさ》に聞く、アレン商会の怪物番頭殿は随分と貴方《あなた》へ対抗意識を持っているとか？」

「……ふんっ」

リンスター、ハワード両公爵家が出資した商会――通称『アレン商会』はアトラスの復旧に深く関与し、食品、酒類、服飾品、各種資材、といった凡《おお》そ必要な物品取引全てで、急速に影響力を高めている。

番頭である少女から届く書簡には、毎回、

『**貴方には絶対負けませんからっ！　アレンさんに一番信頼されているのは私ですっ！**』

と、書かれているのも事実だ。どうしてこんなことになったのか。

私は髪を掻《か》き乱《みだ》しながら、二ヶ月前、南都のリンスター公爵邸で再会した青年との会話を思い出していた。

＊

「『アヴァシーク平原の割譲』『アトラス侯国の連合離脱承認』『王国側が求める古書及び魔法書の譲渡』『聖霊教に関係した者の処罰』『捕虜の速やかな帰国』『戦時中、リンスター側へ避難した住民達の地位保全』『ロブソン・アトラスの名誉回復』……ここまではいい。他の細則についても納得は出来る。だが」

私は目の前に座っている黒茶髪の青年──『剣姫の頭脳』の異名を持つ、アレンを睨《にら》みつけた。白シャツと黒ズボン姿で手には書類。この間も次々と処理されていく。

近くのソファーでは、窓から差す日差しに長い紅髪《あかがみ》を煌《きら》めかせた剣士服姿の少女──リンスター公爵家長女『剣姫』リディヤ・リンスター公女殿下が静かに紅茶を飲んでいる。

「いったいどういうことだ？」

「え？　何がです？？」

アレンは動かしていたペンを止め、私へ小首を傾《かし》げる。

その態度に苛立《いらだ》ちを覚え、歯軋《はぎし》りしながら、叫ぶ。

「しらばっくれるなっ！　どうして、国家間の講和条件の補則事項として私の名が──『ニケ・ニッティのリンスター公爵家への登用』が明記されているのだっ！」

「──……さぁ？」

「き、貴様ぁぁ！　っ⁉」

怒りと共に手を伸ばそうとし――無数の炎羽《えんば》が舞った。不覚にも身が竦《すく》む。

硬直している私を後目《しりめ》に、青年は左手を振って炎羽を散らした。

「リディヤ、部屋の中で『火焔鳥《かえんちょう》』は止めよう」

「はぁっ⁉」

「……何で僕が怒られるのさ。困った公女殿下だなぁ」「公女殿下、禁止っ！」

「っ⁉」

不機嫌そうな『剣姫』は無造作に左手を振り、炎の短剣を解き放った。当たれば死ぬ。

しかし、アレンはペンを回し、それを消失させた。……化け物めっ！

『家庭教師』を自称する黒茶髪の青年が私に向き直った。

「ニケ、アトラス侯国を君に任せます。既に関係各家当主及び、国王陛下の下にまで話は届いていますし、見ている人は見ているんですね。異論もなかったようです。ピエトロ・ピサーニ侯国連合統領と、聖霊教に関与された件《くだん》の責任を表向き取られ、水都を退去された君の父上、前副統領ニエト・ニッティ様の了承も得ています」

「なっ⁉　き、貴様……い、何時《いつ》の間《ま》に…………」

聖霊教の策謀により、水都が壊滅に瀕《ひん》した事件からまだ日は浅い。

アレン達とて、奇病に侵されていたカルロッタ・カーニエン侯爵夫人の治療対処もあり、つい先日まで滞在していた。そのような時間はあったとは思えない。

私の視線に動じず、青年は机の上で腕を組んだ。

「知っての通り、オルグレンの叛乱《はんらん》から続く一連の事件には『聖女』を自称する少女の命を受け動いている、聖霊教の使徒と異端審問官達が深く関わっています。目的の為《ため》なら、彼女達が何でもするのは水都に起こった出来事でも明らかです。王国にも、リンスターと南方諸家にも、アトラス侯国復興にかまける人的余裕はありません」

執務机の後方に回り、椅子に手をかけた『剣姫』が続ける。

「金貨は出せるわ。でも、人は出せない。分かっていると思うけど——他の北部四侯国に対して、うちの家へ靡《なび》くような成果が必要よ。こっちで今後も聖霊教に狙われる可能性が高い、ニコロ、トゥーナの保護は引き受けるのだから、悪い話じゃないと思うけど？」

「……その件、そして父と我等に仕えてくれていた者達に咎《とが》が及ばぬよう、手を回してくれたことについては感謝している。だが！」

おそらく今、私の顔は苦虫を噛《か》み潰したかのようになっているだろう。

「何故《なぜ》だ？　何故、私なのだ？？　他にも適任者は——」

「いませんよ、君以外には」

断固たるアレンの口調に私は二の句を喪った。

書類を机の上に置き、真っすぐ視線を合わせてくる。

「アリシアが戦略禁忌魔法『永劫紅夢《えいごう》』を発動させ、『屍竜』が顕現した時点で、状況は最悪でした。僕達が勝てるかどうかも分からなかった。――けれど」

私は視線を外すことが出来ない。

「君は諦めなかった」

「…………っ」

不覚にも、胸に熱さが込み上げてきた。

この男は……私が嫉妬し、手を差し伸べなかった王立学校同期生は、使徒達に翻弄され続けたニケ・ニッティを心の底から称賛してくれている！

書類にサインをしながら、アレンは微笑む。

「諦めず、全力で僕との約束を守り、逃げ遅れた水都の住民を救い続け、絶望に屈せず、毅然《きぜん》と恐怖を撥《は》ね除《の》け、最後の最後まで足掻《あが》いてみせた」

後方の公女殿下に書類を手渡し、信じ難《がた》い言葉を吐く。

「そんな人を僕はこう呼ぶと、父に教えてもらいました――『英雄』と」

「っ……『剣姫』殿？」

「全部本気よ。運が悪かった、と思って諦めなさい」

絶句した私は、椅子の後方で書類を確認する少女へ話を振ったが断じられた。

……これだから、英傑共はっ！

苛立ちを紛らわせる為、思ってもいない事柄を口にする。

「ふんっ……。私へ権限を渡したとして、貴様に不利なよう動くとは考えないのか？　侯爵夫人を握られ、骨抜きにされているカーライルとは違うのだぞ？」

侯爵でありながら、侯国連合を裏切っていたホッシ・ホロントの策略により、長く謎の病に——かつて、王国王都を襲った『十日熱病』と似通る呪術により臥《ふ》せっていたカルロッタは、シェリル・ウェインライト王女殿下、ステラ・ハワード公女殿下の浄化魔法によって、容態が急回復している。体力が戻り次第、王都へ出向くことも可能だろう。

そして、自分の妻を助ける為、聖霊教側についていたカーライルは、今後何があろうともウェインライト王国に敵対しようとはしない。

……無論、私もだが。

私の憎まれ口に対し、『剣姫』が目を細めるも、当の本人は不思議そうな顔をした。

「ん～……それもそれでありだと思います。割り切れない気持ちも理解出来ますし。その場合、推薦した僕の評価が低下するだけです！　君が非協力的だとしても、君やニコロ、ニエト・ニッティ様に危害を加える程、リンスターは狭量《きょうりょう》じゃありませんよ」

まさか、この男……自らの戦功と私の推挙を引き合わせたのか？　馬鹿なっ⁉

立ち竦む私へアレンは更に信じ難い言葉を続けた。

「レイ・アトラス侯爵にも話はしておきました。とにかく！　アトラスと北部四侯国に平和を。僕も『十日熱病の再調査』『ステラの光属性が強まる症状の改善』『ローザ・ハワード様のメモの解読』、そして——本業である『家庭教師』を王都で頑張ります。今、仕事の出来る君の秘書を募集しているので、楽しみにしておいてください」

侯爵位を継いだレイ・アトラスと話を⁉

紅髪の少女へ視線を向けると、険しい顔。知らなかったようだ。

私の秘書すらも選んでいるという水都を救った青年に対し、私は荒く深呼吸を繰り返し、息を整え、青の礼服を直し背筋を伸ばした。

「——……万事了解した、ニケ・ニッティ、卑小な身なれど、全力を尽くすことを誓おう。最後に一点だけ指摘して良いだろうか？」

「ええ、勿論《もちろん》」

アレンが鷹揚《おうよう》に頷《うなず》く。

その笑顔へ射殺さんばかりに視線を叩きつけ、私は口を開いた。

*

「……ふっ」

呆気《あっけ》に取られた奴の顔を思い出し、私は失笑を漏らした。あの男でも、驚くのだ。

侯爵が怪訝《けげん》そうな顔をし——直後汽笛の音が響き渡った。少年少女が歓喜する。

質問を口にする機を逸した眼鏡男のくたびれた軍用外套《がいとう》の裾が翻《ひるがえ》る。

「定刻のようですね。お先に」

「レイ・アトラス。……一つだけ教えてくれ」

歩き始めようとした小太りな侯爵を、思わず私は呼び留めた。

「如何《いか》なる理由で私に協力を？　貴殿の兄を水都の混乱に乗じて討ったのは」

「長兄はっ！」

最後まで言う前に歩を止めたレイ・アトラスが、大声で私の言葉を遮る。

前アトラス侯爵を、日和見主義な貴族や議員達ごと『戦後の連合復旧の障害』として、水都混乱の最中に討ったのは我が父ニエトなのだ。

侯爵は私を見ぬまま、吐き捨てる。

「……愚かな男でした。聖霊教使徒の甘言に乗り、自らの責任すら放棄し、兵と民を見捨て水都へ逃走。私のことも妾腹《しょうふく》の子として、最後まで弟としては認めていませんでしたね。ま、それは亡《な》き父と義母もでしたが。彼等《かれら》に肉親の情を感じたことは一度たりともありません。ですが――」

強い風が吹き、眼鏡男の外套がたなびいた。

「次兄は――……ロブソンは、幼い頃から私を愛してくれました」

敗北続きの戦いの中、『七塔要塞《しちとうようさい》』でリンスターの大軍と対峙《たいじ》した猛者《もさ》。直接会話を交わした記憶はないが、才人だったと聞いている。

将来的には統領にもなれる器だった、とも。

レイ・アトラスが袖を握り締めると、汚れが目についた。

この軍用外套はおそらくロブソン殿の。

「此度《こたび》の戦いに、次兄は開戦前から強く反対していました。『緋天《ひてん》』『血塗《ちまみ》れ姫』『微笑《ほほえ》み姫』が出て来たら勝てるわけがない』と。あの人は各家の歴史や人材を調べていましたから。なのに、アヴァシークの大敗後、長兄が水都へ逃亡した後は自ら指揮を執った……」

侯爵はわざとらしく肩を竦める。

「当初、『七塔要塞』に入るのは私の予定だったんですよ。相手はリンスター。生き残れる可能性は低い。戦後を見据えれば凡庸な妾腹の子の命で、出来物の次兄を救えるなら上々でしょう？　違いますか？」

私は答えることが出来ない。

仮に……仮にニコロがそのような真似《まね》をしたのなら、することは決まっている。

レイ・アトラスが天を見上げ、自嘲した。

「ですが、次兄はその提案を即座に却下し、半ば強引に要塞へと赴きました。……あんな風に怒鳴られたのも、殴られたのも初めてだったなぁ」

再度の汽笛。式典が始まる。視界の外れを、メイド服を着た獣人族の少女が掠《かす》めた。

侯爵が今日初めて私と視線を合わす。

「停戦後、落ち着いてきた頃——……深夜にある人がグリフォンで訪ねて来たんです」

「人？　……まさか」

「彼が連れていたのは二人のメイド。一人は両手鎌。もう一人は淡い紅髪《あかがみ》。ずっと微笑んでいました。古参の者の話では『首狩り』とリンスターに列なる者、と」

アレンだ。メイド達は護衛だろう。……あの男、何を考えて。

レイ・アトラスが当時の出来事を思い返したのか、微《かす》かに笑みを零《こぼ》す。

「訪問の理由を恐々《こわごわ》問うと、彼は私へこう答えました。『ロブソン・アトラス将軍のお墓に花を手向けさせてほしい。カルロッタ・カーニエン侯爵夫人と並び、聖霊教に『敵』と認定されていた英傑の』。……信じられますか？　彼はたった！　たった、それだけのことをする為にっ…………つい先日までの敵地に僅かな供回りでやって来たんですよ！」

「……奴《やつ》はそういう男だ」

人としてそうするのが正しい、と固く信じている。

――世の大半の人物には到底、真似出来ぬことであっても。

侯爵は眼鏡を外し、目を手で覆った。

「次兄の墓参が終わった後、彼は私へこう言いました。『僕にも血の繋《つな》がらない妹がいます。もし、僕がロブソン殿の立場だったのなら、同じことをしたでしょう。家族を守るのは理屈じゃありませんから』――……彼は、水竜と直接誓約を交えた『流星』殿は傑物です。ああいう人物を『英雄』と呼ぶのでしょう」

「本人に自覚はまるでないようだがな。伝えると面白い顔が見られるぞ」

南都の会議室で私がそう告げた際も、珍しく心底嫌そうな顔をしていた。

レイ・アトラスは眼鏡をかけ、微かに表情を崩し――居住まいを正した。

「私は凡庸な男です。剣も魔法も勉学も、容姿も、人の上に立てるような存在じゃない。ですが――……自分にとって何の利もないにも拘《かかわ》らず、兄の名誉を回復する為、人知れず骨を折り、何度も王国の重鎮達に頭を下げてくれたであろう、あの青年を信じます。そんな青年から信頼され、全権を委任されている貴方《あなた》もです」

丸眼鏡の奥の目を開き、私と視線を交差させる。

「責任は全て私、レイ・アトラスが。どうぞ、存分にその異才をふるわれんことを」

「……異才ではないが、微力を尽くすことを約そう」

正面からの告白を受け、私は辛《かろ》うじて返答した。

すると、レイは目を細め、唇を歪《ゆが》ませた。

「ああ、そうでした。貴方が極秘裏にピサーニ統領へ提案されている講和案の追加条項、私も全面的に賛同します。英雄殿にも少しは意趣返しをしなければ」

長い付き合いになるだろう勇気ある男は今度こそ、停車場内に設けられた式典会場へ歩き始めた。……奴に人生を掻《か》き回《まわ》される苦労人仲間は、何人いても良い。

侯爵が去ったのを見計らい、木箱の陰から、丸耳で肩までの白茶髪と尻尾を揺らす鼬《いたち》族の少女が駆け寄ってきた。リンスターに提供されたメイド服を着ている。

アレンが選抜した私の秘書ユッタだ。以前は南都で果物売りをしていたらしい。

寒風が吹く中、外套すら羽織っていないとはっ。

「ご、御主人様、御時間みたいです！　お急ぎくださいっ‼」

少女は私の前へ回り込むと、両手を握り締め、その場で跳びはねた。

「……その呼び方は止めろ。あらぬ誤解を招く」

「も、申し訳、くしゅん。……はぅ」

案の定、ユッタは可愛《かわい》らしいくしゃみを発し、恥ずかしそうに俯《うつむ》いた。……まったく。

私は額を押さえ、自分の着ている外套を少女へかける。

「！　ニ、ニケ様⁉」「着ていろ。行くぞ」

皆まで言わせず、私は歩き出す。

興奮した様子のニコロと、そんな弟に寄り添っているトゥーナの姿が見えた。

――いいだろう、やってやろうではないか。

託された以上、アトラス侯国と北部四侯国は必ず安定させて見せる。

ふと、立ち止まり、私は北の空を見つめた。

今頃、彼の英雄殿は王都で何をしているのか。少なくとも休暇を取ってはいまい。

統領に提案した講和の追加条項――**『水都中央島神域のアレン個人への譲渡』**を聞いた時、奴がどういう反応をするのか。

私は故郷を救った自称『家庭教師』の顔を思い出し、微かに笑みを零した。

第1章

「へぇ、もう線路が繋がったんですか。リンスター公爵家とニケは仕事が早いですね。――あ、シンディさん、書類の計算が間違っています。再確認をお願いします」

リンスター、ハワード両公爵家合同商会――通称『アレン商会』の書類を処理しつつ、南方の最新情勢を聞いていた僕は浮遊魔法を発動し、書類を右前の執務机へと送った。

此処《ここ》は王国王都西部。新しい商館の建物。

以前使用していた物はオルグレンの騒乱時、襲撃を受け半壊してしまった為《ため》、移転したのだ。一連の騒動で没落した守旧派貴族の持ち物だったと聞いているけれど、広々としていて使い易《やす》く頑丈で、外の冷気も殆《ほとん》ど感じない。

書類を受け取ったリンスター公爵家第六席のシンディさんが表情をくしゃっと歪ませ、机に突っ伏す。長い乳白髪が衝撃で揺れる。

「ぐぅ……折角、籤引《くじび》きに勝って先行して水都から王都に来られたのに……。ア、アレン様だって、今日は午後から家庭教師の講義があってお休みと黒板に書いてあったのに……

も、もう、書類仕事は嫌ですぅぅ〜！　サキちゃん、早く来てぇぇぇ！」

「！」

近くのソファーでうとうとしていた、長い白髪の幼女——八大精霊の一柱『雷狐《らいこ》』のアトラが声に驚いて周囲を見渡し、僕を見ると安心したように目を閉じた。

その姿を見て、室内にいるリンスター、ハワード両公爵家から派遣されているメイドさん達と、色々あって一緒に仕事をしている旧『フォス商会』の人達が表情を綻ばせる。

僕は書類にサインを走らせつつ、空中に並べた魔法式を調整していく。

「ハワード公爵家の席次持ちメイドさん達が緊急呼集をかけられて、商会付だったサリー・ウォーカーさん達も北都へ行かれてしまったので、人手不足なんですよ。増員はアンナさんへお願いしておきました。次の書類をどうぞ」

「あ、だからうちの席次持ちが、副公都に里帰りされているリリー御嬢様《おじょうさま》以外、順次王都に集まることになってるんですね〜。でも、こっちに回されるとは……」

シンディさんはぶつぶつ言いながらも、書類の訂正を始める。真面目な人なのだ。

——水都における決戦から早三ヶ月。

当初現地で戦後処理を行っていた僕達も順次南都を経由して、王都へ帰還。

その間、押し付けられた『講和交渉窓口』として、出来うる限りのことはしたと思う。

ニコロ・ニッティとトゥーナさんの護衛役として、サキさん達を推薦したのも僕だ。

ただ——王都帰還以降、政治的な話には直接関わっていない。

オルグレンの動乱以降、矢面に立たされてしまっていたものの、そもそも僕は狼《おおかみ》族の養子の『姓無し』であり、一家庭教師であり、『アレン商会』の名ばかり会頭。

老皇帝と皇太子派の骨肉争う内乱に突入した、ユースティン帝国との正式講和は先延ばしになっているみたいだけれど……そちらは、僕の恩師である教授や『大魔導』の異名を持つ王立学校長、ハワード、リンスター、ルブフェーラの三公爵殿下に任せてしまおう。

平和が一番！　今後も七面倒な事柄は教授と王立学校長へ‼

「……アレンさまぁ？　悪戯《いたずら》を思いついた子供みたいな顔されてますよぉ？　あと、その量の御仕事をこなしながら、そんな物騒な魔法式を展開しないでほしいですぅ」

シンディさんがジト目で難詰《なんきつ》してきたので、片目を瞑《つぶ》る。

「午後の講義用と、水都で収集したモノの確認ですよ。僕の魔力じゃ、ティナ用を除き発動しないのでお気になさらず」

——ティナ・ハワード公女殿下。

王国四大公爵家の一角にして、北方を統《す》べるハワード家の次女。

僕が家庭教師になる切っ掛けになった女の子であり、『公女殿下』の敬称を持つ本物の御嬢様だ。その身に八大精霊の一柱『氷鶴《ひょうかく》』を宿し、桁外れの魔力量を持つ天才でもある。王都へ帰還して以降は、再開された王立学校へ通っており、今は授業中だろう。

シンディさんが書類にペンを走らせ、呆《あき》れた口調で論評した。

「……普通の人は、そんな風に複数の魔法式を並べません。アレン様は抱え込み過ぎだと思いまーす。今幾つの難題を？　さ、お姉さんに教えてみてください。家庭教師と商会の御仕事は除いて、です★」

「えーっとですね……」

第一は──十一年前、王都を突然襲った『十日熱病』の再調査。

僕の教え子であり、ティナ専属メイドのエリー・ウォーカーには両親がいない。

そのエリーの御両親の命をかつて奪ったのが『十日熱病』なのだが……水都で、僕は不可解な事態に遭遇した。

謎の病に臥《ふ》せり、昏睡《こんすい》状態だったカルロッタ・カーニエン侯爵夫人にかけられていた、聖霊教使徒の呪詛《じゅそ》、その症状が『十日熱病』と一致したのだ。

つまり、エリーの御両親の命を奪ったものは流行《はや》り病などではなく、聖霊教による大規模呪術だった可能性がある。再調査は早急に必須だろう。

二つ目は、ティナの姉であり、王立学校生徒会長にして僕の教え子――ステラ・ハワードが数ヶ月前から罹《かか》っている原因不明な『光属性が溢《あふ》れ出《で》る魔力増加』。

ハワード公爵家は元来『氷』を操り、王国建国に重きをなした。

けれど、今のステラは光属性魔法しか使えない。魔力は増大し続けているのに、だ。

強い浄化の力はカーニエン侯爵夫人を救ったし、本人も気丈だけれど……窓の外に、通りを走る車と馬車と外套《がいとう》を羽織った人々が見えた。

「シンディさん、西都から報《しら》せは入ってないですよね？」

「『アレン様を是非、婿に！』という訴えなら連日届いているみたいですよ～★」

「……………その話、ティナ達には内緒でお願いします」

ニヤニヤしている乳白髪メイドさんへ念押しし、思考を戻す。

ステラの症状解決については悔しいけれど、東都で僕が竜人族の長に願った『花竜の託宣』――竜の知恵を借りる儀式を待つしかない。竜とは人智《じんち》を遥《はる》かに超える存在なのだ。

三つ目に――水都のニッティ家機密書庫で発見された、ティナとステラの母上である、幼い頃のローザ・ハワード様のメモの解析も進めたい。

他にも、魔王戦争の大英雄『流星』の副官を名乗る、吸血姫アリシア・コールフィールドと、ロブソン・アトラスを暗殺した『黒花《こっか》』イオ・ロックフィールド。そして……水都での決戦の最終盤にその姿を現した大魔法『墜星』を使う大魔法士と、一連の事件を陰から全て操っていた聖霊教の自称『聖女』の徹底的な調査。彼女が持ち去った、水都旧聖堂に封じられていた謎の石板も気にかかる。

難題は山積みだ。乳白髪のメイドさんがペンを回した。

「たくさん抱えてらっしゃるのは御顔だけで理解《わか》りました。あんまりにも酷《ひど》いようなら、リディヤ御嬢様に言いつけちゃいますよ～？」

「……あいつも最近は忙しいみたいです」

僕の相方であり、『剣姫』の異名を持つリディヤ・リンスター公女殿下は、今年に入り、王立学校同期生でもあるシェリル・ウェインライト王女殿下付き護衛官に就任していた。

怖い大人達と『旗頭』にされていたジョン元王太子殿下自身の策により、時勢の読めない貴族派粛清が敢行された結果、シェリルは王位継承権第一位へと昇っている。

――必然、会合も如実《にょじつ》に増え、護衛官であるリディヤも多忙。

ここ二週間程は顔を見ていない。

一日三回は魔法生物の小鳥でやり取りはしているものの、最近は『……もう、やだ』『げんかい……』『亡命。今度はララノア』『腹黒王女の倒し方を今すぐ教えて』という感じで危うい雰囲気を漂わせている。早めに会った方が平和かもしれない。

必死に廊下を駆けて来る、ドタドタ、という明らかに走るのが苦手な音。

――この商会の主が帰って来たようだ。


「アレンさんっ！！！！」


長い栗色《くりいろ》の髪を乱しながら、瘦せっぽちで眼鏡をかけている少女が部屋へ飛び込んで来た。蒼白《あおじろ》い肌には赤身が差し、瞳を隠している前髪と豊かな双丘が上下している。

着ている物は白シャツと長いスカート。防寒着は一緒に商談へ行ったメイドさんへ渡したようだ。僕は少女の周囲の温度を魔法で調整しながら、話しかける。

「おかえりなさい、フェリシア。外は寒かったですか？」

この子の名前はフェリシア・フォス。

ほんの数ヶ月前まで、王国の最高学府である王立学校に通っていた少女で、縁あって今は商会の番頭をしてくれている、ステラと僕の義妹であるカレンの親友だ。

対侯国連合戦では臨時兵站《へいたん》総監を務め、困難な兵站業務を停戦まで支えた。

フェリシアが僕の問いかけに頷《うなず》く。

「あ、はい。風が冷たくて――……話を逸《そ》らさないでくださいっ！　もうっ‼」

頰を大きく膨らませ、少女は机の傍《そば》に近づいて来た。周囲のメイドさん達の瞳は楽し気。それに気付かないフェリシアは小さな手を机に乗せ、ジト目を向けてくる。

「……今日、お休みの予定でしたよね？　午後から、ティナさん達の家庭教師があるんじゃないんですか？　連絡板にもそう書いてありました」

「授業の準備が終わったので、顔を出してみました。シンディさんの監視役です」

「だ、だからってぇ……わ、私がいない時に来なくても……」「アレンさまぁ？」

指を弄《いじ》りながら俯《うつむ》き、眼鏡少女はぶつぶつ。乳白髪のメイドさんがジト目。視界の外れで、アトラがフェリシアの真似《まね》っこしているのが見えた。可愛《かわい》い。

近くの椅子を浮遊魔法で動かし、フェリシアの傍へと降ろす。

「報告書読ませてもらいました。アトラスとの取引、順調に増えているみたいですね」

「……はい。でも、儲《もう》けはまだ。今は種蒔《たねま》きの時期だと思っています。南都にいた時、『天鷹商会《てんようしょうかい》』の会頭さんと言葉を交わす機会を得られたので。何《いず》れはアトラス侯国を端緒に、連合の空路を独占！　商業を牛耳って見せます！」

椅子に腰かけた少女は、前髪から覗《のぞ》く大きな瞳に壮大な野心の炎を燃やし、小さな両手を握り締めた。……この子なら、やりかねない。

ふと、一緒にアトラス侯都へ出向いた、見知らぬメイドさんの顔が浮かんだ。結局あの人は誰だったんだろう？　ずっと微笑《ほほえ》んでいたけれど。

集まって来たメイドさん達から髪を直されている少女へ注意しておく。

「アトラスに関して悩み事が出来たら、現地のニケへ状況確認をしてください。アトラス侯爵とも良好な関係を築いているようなので、情報漏れは起きにくいと思います」

「………はぁい」

すると、今まで比較的上機嫌な様子だったフェリシアが途端に唇を尖《とが》らせた。

……はて？

ニケは誤解されやすい男だけれど。訝《いぶか》しく思っていると、涼やかな声。

「フェリシア御嬢様はやきもちを焼かれているのです。ニケ・ニッティ様がアレン様から信頼を受けておられるので。馬車の中でも『負けませんっ！』と仰っていました」

黒茶髪で褐色肌のメイドさん――リンスター公爵家メイド隊第四席にして、商会立ち上げ時からフェリシアを支えてくれているエマさんが室内に入って来た。手には丁寧に畳まれた外套とマフラーを持っている。

僕は目を瞬《しばたた》かせ、顔を真っ赤にしているフェリシアを見た。

「え、あ、あのその……だ、だってっ！　ア、アレンさんが、凄《すご》く信頼されているみたいで、ズルいって思って――……」

「エマ〜！」

「きゃっ！　シ、シンディ⁉　こ、こらっ。貴女《あなた》も第六席になったんですから、リンスターのメイドとして、少しは落ち着きを――」

乳白髪のメイドさんがいきなり、黒茶髪のメイドさんに抱き着いた。僕は左手を振り、宙に舞う書類へ浮遊魔法を発動。近場の机へと降ろす。

最後まで言えなかったフェリシアは眼鏡奥の瞳を大きくし、手を押さえている。エマさんが動揺しているのが珍しいようだ。

その間も、シンディさんは頭をエマさんの胸に押し付け、短く一言。

「……堅い」

「――……シンディ？　聞き間違いですよね？　言葉は時に命を危険に晒《さら》すのですよ？

あ、貴女だって同じようなものでしょうっ⁉」

「残念でした〜。エマよりはありますぅ〜★」

ピシリ――空気がはっきりと軋《きし》んだ。

メイドさん達が「え？　ええ？？」と狼狽《ろうばい》するフェリシアの椅子と「♪」興奮した様子のアトラのソファーを動かし、旧『フォス商会』の人達も慣れた様子で退避していく。

エマさんが目を細め、両手を広げた。

「…………いいでしょう。今すぐ、その性根叩《たた》き直《なお》してあげますっ！！！！」

「ふふ～ん♪　水都でリディヤ御嬢様《おじょうさま》の折檻《せっかん》に耐え抜いた私に勝てるかな～？」

対するシンディさんも身体《からだ》を動かし始め——次の瞬間、魔法式全てが自壊して消えた。

「「!?」」

僕は右手を振ってメイドさん達を注意する。腕輪と指輪が煌《きら》めく。

「折角、新しい建物に移転したんですよ？　御二人が仲良しなのは分かりました。でも、じゃれ合いはリンスターの御屋敷《おやしき》でお願いします。アトラの教育にも悪いので」

「……申し訳ありません」「……はぁ～い」

複雑な顔をした二人が戦闘態勢を解き、離れる。ソファーを見やると、案の定、アトラが瞳をキラキラ輝かせ、獣耳と尻尾を動かしていた。

僕は三人へ声をかけ、手で隣の会頭室を示した。

「フェリシア、報告はこっちで。エマさん、シンディさん、アトラをお願いします」

「は、はいっ！」「畏《かしこ》まりました」「はい～♪」

ソファーに腰かけ、最新の取引報告書に目を通す。読む度に扱う金額が増えている。エマさんはアトラと一緒に簡易キッチンでお茶の準備中。シンディさんは玄関に郵便が届いたらしく「寒いの嫌いなんですよね～」と言いながら、部屋を出て行った。

　フェリシアの小さな手が隣から伸びてきて、文字をなぞる。

『**旧フォス商会吸収合併について**』

「商会の件、母が喜んでいました。父は怒るかもしれませんが」

　王都帰還後、フェリシアにはステラやカレンとも相談した上で、エルンスト・フォス会頭が叛乱《はんらん》軍に関与した可能性があることと、現在は行方不明であることを伝えている。

　──その際、問題となったのは残された『フォス商会』。

　会頭が行方不明で、一人娘のフェリシアは父親から勘当されている。そのままでは商会解散もあり得た。そこで便宜的措置として、僕が『アレン商会』への合流を提案したのだ。

「エルンスト会頭の行方については、各家に捜してもらっています。聖霊教に利用されただけだと思いますし、戻られた際は僕が説明をします」

「……う～。アレンさんは優し過ぎます」

　フェリシアは頰を少し染め、ぽかぽかと左腕を殴ってきた。

　為《な》されるがままにしつつ、報告書を読み、意見交換。

「フォス商会の販路を使って、王国西方へ商圏を拡大するのは反対です。今は既存取引とアトラスに注力を」

「え～！　此処《ここ》は一気呵成《いっきかせい》にっ‼」

「駄目です。サリーさん達が北都から戻られるまでこの話は凍結です。……何より」

「？　ア、アレンさん？？　あぅ」

僕はフェリシアのおでこに右手の人差し指をつけ、少し小突いた。

それだけで眼鏡少女の身体はソファーに倒れる。

「フェリシア・フォス番頭の体力が持ちません」

「そ、そんなこと……わ、私だって、こう見えて体力がついたんですっ！」

「ふむ。なら」

小柄な少女の手を引いて、立たせる。

目をパチクリしているフェリシアへ、僕はもう一度右手の人差し指を突き付けた。

「今度は立った状態で試してみましょう。これで倒れなかったら」

「商圏の西方拡大！」「──……を、少しだけ考えます」

綺麗《きれい》な瞳を隠している前髪を手で優しく払い微笑む。

「倒れたら休暇を足します。その日はお仕事をしちゃいけません。全休です」

「そ、そんなっ⁉　や、休まない人に無理難題を提案されてるなんて……」

フェリシアは激しく狼狽した。

規則正しい足音がし、

「賛成でございます」「フェリシア、おやすみ？」

ティーポット等が載ったトレイを持った黒茶髪のメイドさんとアトラが戻って来た。

南都で初めて会って以来、アトラはうちの番頭さんと仲良しなのだ。

「エ、エマさん⁉　ア、アトラちゃんまでぇ……」

たじろぐ眼鏡少女へ僕は奇襲をしかける。手を伸ばし額ではなく――頭をぽん。

「ひゃんっ！　は、はわわわっ！　――……きゅう」「おっと」

顔を真っ赤にし、目を回して倒れそうになった眼鏡少女を受け止める。

……僕の勝ち、で良《い》いのかな？

エマさんを見ると、何度も大きく頷いてくれる。心底満足気な様子だ。

「アレン様、素晴らしい手並みでございます。フェリシア御嬢様の健康管理はお任せを」

「お願いします」

この子は身体がそれ程強くない。休める時には休ませないと。

僕が未《ま》だ目を回している眼鏡少女を抱きかかえて、そのままソファーへ寝かせ、ブランケットをかける。

「……ふぇ？　〜〜〜っ！？！！」

フェリシアが意識を取り戻し、真っ赤になって潜り込むも、構わず労《ねぎら》う。

「御苦労様でした。今日はもう休んでください。会頭命令です」「めーれー♪」

アトラの舌足らずな言葉に、くすりとしていると、裾を指で摘まれた。

「フェリシア？」

視線を向けると、顔を半ば隠しながら宣言される。

「アレンさん……私…………ニッティの侯子さんには絶～対っ、負けませんから！」

瞳には爛々《らんらん》とした闘志。

どうやら、本気でニケはこの才媛に目を付けられてしまったらしい。

「……程々に、しておいてあげてください」

「アレンさんのお願いでも聞きませんっ！」

そう宣言し、フェリシアは背を向けた。ごめんよ、ニケ……強く生きてほしい。

――眼鏡少女の寝息を聞きながら、アトラ、エマさんと紅茶を楽しんでいると、先程、部屋を出て行ったシンディさんが紙片を持って戻ってきた。

「アレン様、副公都のリリー御嬢様から速報です～」「おてがみ～？」

出迎えた白髪幼女を抱きかかえ、乳白髪のメイドさんが花と紅の小鳥が描かれた書簡を差し出しながら、真面目な顔で報告してくれる。

「リリー御嬢様の問題は一先《ひとま》ず決着がついたみたいです。近日中に王都へ来られるとのこと。その際、アレン様にご相談がある、と」

「僕にですか？　リリーさんが？」

「みたいです。ただ相談内容は書かれていませんでした」

嫌な――……嫌な予感がする。

あの年上メイドさんは、時折突拍子のないことをするのだ。

書簡を受け取って右手の腕輪に触れ、僕はメイドさんへにこやかに微笑んだ。

「……シンディさん」

「厄介事はアレン様任せです～★　そろそろ御嬢様方との約束の御時間なのでは～？」

乳白髪のメイドさんは満面の笑みを浮かべ、僕へそう告げてきた。

……事前に予感を嗅ぎ分けたか。流石《さすが》、『魔王再現実験』の生存者！

僕は書簡を内ポケットへ仕舞い、外套《がいとう》を手にして羽織った。

アトラもエマさんに外套を着せてもらって御満悦の様子だ。

二人のメイドさんと眼鏡少女へ挨拶。

「今日はそろそろ失礼します。エマさん、フェリシアが無理しないようお願いします。シンディさんは……もう少し頑張りましょう！」

「お任せください」「アレンさぁん？」「……はぁ～い」

黒茶髪のメイドさんは恭《うやうや》しく頭を下げ、上半身を起こした眼鏡少女は寝ぼけながら狼狽。乳白髪のメイドさんは前髪を弄《いじ》りながら、頷《うなず》く。

準備の整ったアトラと手を繋《つな》ぎ、僕は右手を軽くあげた。

「書類の確認は全て終えておきました。フェリシア、また夜にリンスターの御屋敷で」

＊

「はい、ご注文のココアと紅茶です。アトラちゃん、熱いから気を付けて飲んでね？」

「♪」「ありがとうございます」

すっかり顔馴染《かおなじ》みになった女性店員さんに御礼《おれい》を言い、僕は隣の席で嬉《うれ》しそうに獣耳と尻尾を震わすアトラの頭を撫《な》でた。

そんな幼女を見て女性店員さんも満面の笑みを零《こぼ》し、カウンター内へ戻っていく。

ティナ達との待ち合わせ場所である、王立学校近くにある水色屋根のカフェ店内に人影は疎《まば》らだった。夕方なのが理由だろうけど、王都に人が戻り切っていないのもある。

数ヶ月続いた騒乱の影響は根深い。

「！　……アレン」

ココアを飲もうとした幼女が驚き、獣耳をペタンコにして僕を見上げた。

「アトラにはちょっと熱かったかな」

右手の人差し指を立て、温度調整魔法でほんの少しだけ微温《ぬる》くする。冷まし過ぎても美味《おい》しさが損なわれてしまうので慎重に。右手薬指の指輪がからかうように光を放つ。

興味深そうに魔法の発動を見つめていた白髪の幼女は恐る恐る白磁のカップを手にして、一口飲み──大きな瞳をキラキラと輝かせた。

「あま～い♪」

「火傷《やけど》しないようにゆっくり飲もうね？」

幼女の頭を優しく撫で、僕は机の上に置いてある懐中時計の蓋を開け時刻を確認した。

待ち合わせの時間には少し早かったかも……？

懐《ふところ》から先日西方の各部族長から届いた書簡を取り出し、中身を読もうとしていると、カフェの前の通りを一人の少女が駆けて来るのが硝子《ガラス》越しに見えた。

王立学校の制帽脇からは白いリボンで結んだ二つ結びのブロンド髪が覗《のぞ》き、首元には暖かそうなマフラー。紺色の外套を羽織っている。

少女は入り口近くで止まり、何度か深呼吸を繰り返すと、制帽の位置と髪の乱れを直し始めた。ちょっとだけ緊張しているようだ。

──視線が交錯する。

『！』

途端、両頬に手を当てあたふた。

カウンター内にいた女性店員さんが気を利《き》かせ、入り口の扉を開けてくれる。

「いらっしゃいませ。待ち合わせですね？　どうぞ♪」

「は、はひっ……」

ぎこちなく頷きながら少女は店内へ入って来た。

アトラの口元をハンカチで拭っていると、席に到着したので微笑《ほほえ》み挨拶する。

「こんにちは、エリー。随分早いですね」

「こ、こんにちは、アレン先生………」

少女──僕の教え子で、ティナ・ハワード公女殿下の専属メイドにして、北の名家、ウォーカー家の跡取り娘でもあるエリー・ウォーカーは恥ずかしそうに俯《うつむ》いた。

立ち上がって、少女の外套を受け取り、コート掛けに掛けながら質問する。

「ティナとリィネは一緒じゃ？」

「お、御嬢様達《おじょうさまたち》は途中で魔法書を返却していないのを思い出されて、学校へ戻られました。アレン先生をお待たせするわけにはいかないので、私だけ先に！」

顔を上げたエリーは半歩僕へ近づき、ブロンド髪とマフラーを揺らしながら、両手を握り締めた。素直に感想を口にする。

「マフラー、とても似合っていますね」

「ありがとうございます♪　お祖母《ばあ》ちゃんが『王都も冬が近いでしょう』と北都から送ってくれて……ティナ御嬢様とリィネ御嬢様の分もです！」

「シェリーさんが……」

僕はエリーの祖母で、ハワード公爵家メイド長を務めているシェリー・ウォーカーさんの生真面目そうな顔を思い浮かべた。

対ユースティン帝国戦。王都、東都へのハワード及び北方諸家の軍派遣。

考えただけでも頭が痛くなる大軍の兵站《へいたん》管理を一手に担《にな》い、未《いま》だ継続されているらしいのに……。

旦那さんのグラハムさんもそうだけど、『ウォーカー』恐るべし！

内心で驚嘆していると、アトラがじーっとマフラーを見つめていた。

優しい顔になったエリーが、屈《かが》んで話しかける。

「アトラちゃんも着けたい？」「♪」

幼女は獣耳と尻尾を動かし、何度も頷いた。

少女はマフラーを外し、アトラの首元に巻き付け、嬉しそうに微笑んだ。

「なら今度、私が編んであげるね」

「もふもふ～♪」

マフラーに口元を埋め、白髪幼女は尻尾を大きく左右に振った。

僕は座るようにエリーへ片目を瞑《つぶ》り、御礼を言う。

「ありがとうございます。エリーは編み物も出来るんですね」

「はひっ。お祖母ちゃんや一族のみんなに教えてもらいました。手袋も編め——……あ、あの、アレン先生のマフラーは、リ、リディヤ先生の贈り物だと思うんですけど……」

目の前に腰かけた少女は制帽を外し、胸に抱えもじもじ。

確かに僕のマフラーは去年、誕生日にリディヤから贈ってもらったものだけれど……。

言葉の続きを待っていると、女性店員さんが意気揚々とやって来た。

「ご注文はお決まりですか～？」

「！　あ……え、えっと……」

突然話しかけられたエリーはしどろもどろに。少しずつ成長しているけれど、こういうところは初めて会った時と変わってないな。

僕は助け船を出そうと口を開こうとし――入り口の扉が開き、店内に王立学校の制帽と外套姿で、小柄な少女達が入って来た。

周囲を見渡し僕達を見つけると、魔杖《まじょう》を背負っている薄蒼髪《うすあおがみ》の少女――ティナ・ハワード公女殿下は大きく手を振った。前髪に着けている髪飾りが光を放つ。

「先生～。エリ～」

「首席様、大声を出さないでください。恥ずかしいです」

腰に剣と短剣を提げている赤髪の少女――リディヤの妹でリンスター公爵家次女、リィネ・リンスターが何時《いつ》も通り、ティナを窘《たしな》めている。

僕はメニューを目の前の少女に差し出した。

「エリー、注文をお願いしていいですか？　アトラの分もお願いします」

「は、はひっ！」

メイドの少女は意気込み、真剣な表情で考え――顔を上げた。

「ケーキセットを四つ。それぞれケーキは別。飲み物は温かい紅茶でお願いします」

「畏《かしこ》まりました♪」

僕が「良く出来ました」とエリーを褒めていると、女性店員さんと入れ替わりで、ティナとリィネもやって来た。

「ほら、やっぱり先生は先に来てました。私の予想通りです！」

「私もエリーもそう思っていましたけどね」

「「っ！」」

雪華《せっか》と炎片が二人の感情に呼応して飛び散りそうになったので、消しておく。エリーが席をずれ、場所を空けた。

「ティナ、リィネ、外套はそこに掛けて座ってください」

「「は〜い」」

二人の公女殿下は同時に返事をし、いそいそとエリーの隣へ腰かけた。

――ケーキセットが届き、少女達が顔を綻ばせながら食べているのを見守りつつ、僕は気になっていたことを尋ねる。

「再開した後の学校はどうですか？」

「最初はクラスの半分くらいしかいなかったんですけど……少しずつ増えてきました！」

「ただ、兄様が話を聞きたがっている、パトリシア・ロックハートさんは王都へ戻って来ていません。フレッド・ハークレイさんを連れて西方の領地に留まっているみたいです」

「ノーリさんとナノアさんから、き、聞きました」

王国の東西南北を治める四大公爵家が、軍を動かす事態となった一連の騒乱は、王立学校で学ぶ子供達にも大きな影響を与えている。

パトリシアへ『七塔要塞《しちとうようさい》』でロブソン・アトラスを殺害し、水都でカレン、リィネ、リリーさんと交戦した『黒花《こっか》』イオ・ロックフィールドについて、質問したかったのだけれど……。オルグレンの先鋒《せんぽう》として戦い処罰を受けたハークレイ伯爵家から、フレッドも西方に留まるよう指示を受けているのかもしれない。

鮮やかな黄色の果実のタルトをフォークで刺したエリーが、話を続けた。

「ステラ御嬢様とカレン先生は、生徒会の御仕事がお忙しいみたいで……」

「御二人共、先生に会えないから御顔がと～っても怖いんです。目や口をこんな風につり上げて」

ティナが自分の目元の横に指を立てる。

本当なら、二人もこの場にいる筈《はず》なのだけれど、次期生徒会の選出も目途が立っていないらしく、書類作成や、生徒達から持ち込まれる相談事に忙殺されているらしい。

……今度、学校長に話をしておかないと。

紅茶にミルクを入れ、ティースプーンで掻《か》き混《ま》ぜながらリィネも教えてくれる。

「……姉様もみたいです。アンナからの又聞きですけど」

「シェリルの王位継承権が一位になったので、王女付護衛官のリディヤはてんてこ舞いなんです。面会相手も他国の高官ばかり。警護は必須でしょう」

僕が思ってる以上にリディヤの精神状態は危ういらしい。水都でずっと一緒にいた反動かな？　ティナ達が更に続ける。

「あと——御父様とグラハムも近々王都へ来られるみたいです！」

「御父様と御母様もです」

「えっと……チ、チセ様は血河《けつが》の国境線警備で、お越しになられないみたいなんですけど、御手紙によると、ルブフェーラ公爵殿下とレティ様もみたいです」

「……なるほど」

ユースティンとは正式講和こそなされていなくても、戦闘そのものは停止している。

なのに……ワルター・ハワード、リアム・リンスター、レオ・ルブフェーラの三公爵殿下が一堂に会す。

そこに、『深淵《しんえん》』ハワード公爵家執事長のグラハム・ウォーカー。

前『剣姫』リサ・リンスター公爵夫人。

二百年前の魔王戦争における大英雄『流星』の副官にして、魔王本人と刃を交えた経験すら有する『翠風《すいふう》』レティシア・ルブフェーラ先々代公爵殿下。

リンスターのメイド隊席次持ちの人達も。

……異例だ。いや、異常と言ってもいい。

聖霊教への対応策もあるだろうけれど、西方部族長の書簡に書かれていた『花竜の託宣』絡《がら》みかもしれない。

僕は果実ケーキと格闘しているアトラを見つめ、教え子達へ伝える。

「東都で西方の部族長様達へお願いしていた事柄なんですが――『花竜』に対する儀式が始まったようです。カレンの短剣の鍛え直しと、リィネ用の新しい短剣作成の準備も着々と進んでいる旨《むね》、西都から手紙が届きました」

「「！」」

ティナ達が瞳を見開き、頬を上気させた。

カレンの短剣――かつての『流星』が愛剣としていたそれの打ち直しは、西方諸部族にとっても最重要事項の一つだろうし、リィネの新しい短剣も期待出来る。

紅茶を飲み、メイドの少女を少しだけからかう。

「でも、現状で一番進んでいるのはエリーでしょうね。大魔法士『花賢』から直接教えを得られる機会はそうそうありません。便乗して、僕も大いに学ばせてもらっています」

エリーの魔法はとても静かで、魔法制御にも優れる。

最近では、八属性の内、唯一苦手としていた雷属性も克服し、植物魔法を拙いながらも使えるようになってきているのだ。

エリーがブロンド髪を揺らし、頬を上気させ、笑みを零《こぼ》す。

「は、はひっ！　チセ様にはたくさん御手紙をいただいています。こ、言葉はちょっとだけ厳しいですけど……とっても温かい方だと思います」

うん、やっぱりこの子は天使だ。絶対にこの笑顔は死守しないと！

僕が決意を新たにしていると、果実ケーキの載ったフォークが差し出された。

「アレン、あーん」

「おや？　ありがとう、アトラ」

「「「─！」」」

白髪幼女の好意を受け、パクリ。爽やかな柑橘《かんきつ》がよく効いていて美味だ。

対して目の前の少女達は動きを停止し、僕達を凝視している。……あれ？

「♪」

空気が変化したことも気にせず、アトラは楽しそうに歌い、ケーキの攻略を再開した。

すぐさま、三方向からフォークが僕の口元に突き出される。

「先生」「兄様」「ア、アレン先生」

少女達は三者三様の笑みを浮かべ、僕へ選択を迫る。

「ハ、アハハ……」

乾いた笑いを零すと、右手薬指の指輪が呆《あき》れるように煌《きら》めいた。

＊

「そ、それじゃあ——い、いきます」

軍用結界の張り巡らされたリンスター公爵家屋敷《やしき》の内庭に、エリーの緊張した声が響いた。既に夜の帳《とばり》は降り、魔力灯の光が僕達を明るく照らしている。

僕はメイド服に着替えたエリーに頷《うなず》き、興味深そうに一つ年上の親友を見守っている私服姿のティナとリィネへ、少し下がるように手で合図をした。

ステラとカレンは未《いま》だ合流していない。フェリシアはアトラを連れ、エマさん達と一緒に入浴中だ。

……夕食後の運動のつもりだったんだけど、本格的になっちゃったな。

苦笑していると、エリーが魔法をとても静かに発動した。

すると――

「「わぁぁ～♪」」『！』

ティナとリィネが歓声を上げる中、内庭が一斉に色とりどりの花々で覆われていく。

赤・青・茶・翠《みどり》・紫・白・黒――七属性を用いた植物魔法。

半妖精族の大魔法士『花賢』チセ・グレンビシー直伝の魔法。

僕のそれが『設計図』だとしたら、チセ様のは『楽譜』。芸術品のように美しい。

魔力量の完全な制御さえ出来れば『氷』を省いても発動する、か……。獣人族に伝わったものと異なっているのは興味深いな。

感嘆していると、エリーが頬を上気させながら振り返り、その場で跳びはねた。

「アレン先生！　で、出来ましたっ‼」

「御見事です、エリー」

自然と手が伸び頭をぽんぽん。

「植物魔法の使い手は王国内でも殆《ほとん》どいません。僕も頑張らないとすぐに追い抜かれてしまいそうですね。本当によく頑張りました」

「そ、そんなこと……。で、でも、ありがとうございます」

天使様は恥ずかしそうにしながらも、幸せそうな笑顔になった。

エリーなら、僕が試作中の大規模植物魔法も何《いず》れ使いこなしてくれるだろう。

二人してほんわかしていると、赤髪の公女殿下が咳払《せきばら》い。

「こほん――兄様！　次は私の番です」

お澄まし顔でそう告げると、リィネは前へと進み出た。僕は屋根の上のシンディさんと視線を合わせ、小さく頷いた。すぐさま、軍用耐炎結界が幾重にも張り巡らされる。

赤髪の公女殿下は腰に提げている『炎蛇《えんじゃ》』の短剣の柄を握り締め――

「はぁぁぁぁ！」

一気に抜き放つと、炎の大蛇が内庭上空を駆けた。

けれど、結界を貫くことなく飛翔《ひしょう》。リィネが制御しているのだ。

「む～やりますね」「す、凄《すご》いです」

ティナとエリーが頭上を見上げ、賛嘆を漏らす。この短期間で此処《ここ》まで……。僕はリィネの凛々《りり》しい横顔を見つめる。

この子もまた紛れもなく『リンスター』だ。

赤髪の公女殿下は短剣を大きく横薙《な》ぎし――炎蛇を消した。見事な動作で鞘《さや》へと納め、前髪を揺らしながら僕へ近づいてくる。

「どうでしたか、兄様？」

「うん――短剣には大分慣れてきたみたいだね」

「はいっ！　兄様を見倣《みなら》って、最近は朝晩練習もして――……あ、あの」

胸を張っていたリィネが突然口籠り、更に一歩進んで頭を僕へ。

上目遣いで訴えてきたので――頭を軽くぽん。僕は心からの感想を零す。

「……エリーもだけど、リィネもすぐに僕を追い抜いてしまいそうだなぁ」

「そんなこと」「あ、あり得ないですっ」

凄い速度で成長している二人の少女は大きく頭を振った。瞳には一点の曇りもない。

この子達の信頼に応えていかないと――。

「ありがとう、二人共」

「「……えへへ♪」」

嬉《うれ》しそうに両頰を押さえ、リィネとエリーは身体《からだ》を揺らした。

そんな親友達を見ていた薄蒼髪《うすあおがみ》の公女殿下が勢いよく挙手。

「はいっ！　先生！　私にもエリーやリィネみたいに新しい魔法とか技を――」

「新しい魔法制御の課題です。どうぞ」

僕は百を超える反復練習用の魔法式を、即座にティナの前へ展開した。

「なっ……う～！　先生の大意地悪っ！」

薄蒼髪の公女殿下は瞳を見開いた後、頬を膨らませ、腕組みをして背を向ける。

花々の上にキラキラとした雪華《せっか》が舞う。……初めて会った時よりも魔力が増している。

内にいる大精霊『氷鶴《ひょうかく》』の影響なのか。才能が開花しつつあるのか。

何処《どこ》まで導けるかは分からない。けど……今は僕が手を引かないと。

改めて決意を固め、ブロンド髪のメイドさんと視線を合わせる。

「エリー、次の課題です。見ていてください」

「はひっ！」

小さな両手を握り締めるエリーに片目を瞑《つぶ》り——僕は左手を軽く振った。

その途端、花々が生物のように動き出し、巨大な壁や空中への螺旋《らせん》階段が形成される。

僕は目を輝かせている可愛《かわい》らしいメイドさんへ、左手の人差し指を立てた。

「こういう風に植物で構造物を生み出せるようになりましょう。エリーの魔力量なら攻防に使えると思います。魔法式は安定感のあるチセ様のものを。『氷』を混ぜると、堅固にはなりますが、難易度も上がるようなので」

「が、頑張ります。……でも」

左手を胸に押し付け、僕の袖を右手の指で摘まみ、少女ははっきりと口にした。

「……む、難しくても、ア、アレン先生の魔法式がいい、です」

思わず、きょとんとしてしまう。見れば、ティナとリィネも口元を押さえている。

あの引っ込み思案だったエリーが、自分の意思を表に出せるようになるなんて！

教え子の精神的な成長に頰が緩む。

「じゃあ――もう少し使い易《やす》く改良しておきますね。オマケで飛翔魔法も！」

「はひっ♪」

天使なメイドさんは両手を合わせ、満面の笑みを零した。

次に僕はそわそわした様子で順番を待っている、赤髪公女殿下に頼んだ。

「リィネ、剣を」「どうぞ！」

すぐさま鞘ごと差し出されたので受け取り、抜き放つ。

天に掲げて炎弾を顕現させ、肩越しにリィネへ告げる。

「知っての通り、僕の魔力じゃ秘伝は発動出来ないんだ。今から見せるのは、あくまでも模倣だと思ってほしい。魔法式は後で渡すよ」

次の瞬間、炎弾が弾《はじ》けて内庭全域へと散った。

――少し遅れて。

「「「！」」」

周囲に八本の火柱が渦を巻きながら中央へ結集。巨大な炎が立ち上がり――消えた。

エリーが折角出した花々を燃やすのは忍びないので、きちんと制御している。

ティナが杖《つえ》を握り締め前髪を揺らし「……凄い」と呟《つぶや》き、エリーはそんな公女殿下を後ろから抱きしめる形で頬を上気させている。

僕は剣を鞘へと納め、リィネへと返しながら説明。

「遅滞発動及び、意識外からの集束発動だね。初見殺しだけど実戦では有効なんだ。西方の長様達に頼んだ短剣が届いた時の為《ため》に、これも鍛えておこう」

「はい、兄様っ！」

両手で受け取った剣を抱きかかえ、赤髪の公女殿下は意気込んだ。

この子なら、必ず出来るようになるだろう。

リィネ・リンスターは天才に非《あら》ず。けれど、確実に前へ前へと進む少女なのだ。

エリーとリィネが無言で拳を合わせている中、もう一人の少女はというと。

「……どうせ、私は魔法制御漬けなんです。そーです。エリーもリィネも、御姉様も、カレンさんも新しい魔法や技を教えてもらっているのに……ちらっ」

少し離れた場所にしゃがみ込み、わざとらしく僕の様子を窺《うかが》っていた。

……この反応……シェリルに似ているような……。

水都や南都では仲良くお喋《しゃべ》りしていたし、変なことを教わったようだ。

……今度会った時、お説教だな。

苦笑しながら、拗《す》ねている少女に許しを乞う。

「ティナ、機嫌を直してください」

「つーん。意地悪な先生なんか知りません」

純白のリボンを結んだ薄蒼髪を靡《なび》かせ、公女殿下は顔を逸《そ》らした。

僕は少しだけ考え込み、わざとらしく切り返す。

「そうですか……エリー。ティナ用だったんですけど新しい氷魔法を、おっと」

飛んで来た小さな氷弾を消失させ、ティナに向き直る。

エリーとリィネは自然な動作で、僕の背中に隠れるよう移動した。

氷羽が舞う中、怒りで前髪を立ちあがらせつつ、ティナが僕をギロリ。

「せ～ん～せ～い～……？」

この子の百面相も会った時から変わらない。くすり、とし僕は氷魔法を発動させた。

「！　こ、これって……」「はわわ……」「綺麗《きれい》……」

内庭上空に数えきれない微小な氷鏡が出現し、光を乱反射。幻想的な光景を生み出す。

「『氷神鏡《ひょうじんきょう》』に、リナリアの魔法式を組み込んで試作してみました。攻撃を逸らす為のものですが、応用すれば攻撃への起点や目くらましにも使えると思います。覚えますか？」

僕の問いかけを聞いたティナは小さな身体を身震い。

頬を上気させながら、前髪を、ぴんっ！　と立たせた。

「当然です！」

――ティナへ魔法式を教え、エリー、リィネに手ほどきすること暫《しば》し。

活《い》き活きとした様子で練習を繰り返している少女達を、椅子に腰かけ見守っていると、男性の声がした。

「……夜なのに元気だねぇ」

そして、空いている隣の席へ腰かける。

僕は、赤髪癖っ毛でややくたびれた純白の騎士服姿の青年を労《ねぎら》う。

「お疲れ様です、リチャード」

リディヤ、リィネの実兄にして、近衛《このえ》騎士団副長を務めているリチャード・リンスター公子殿下は、自分で古い木製テーブル上のティーポットを手にし、カップを表にした。

東都で、『リンスター』の名に恥じぬ奮戦を見せた近衛騎士様は、ハーブティーを注ぎながら疲れた笑み。

「やぁ、アレン。……王都へ戻って以来、君と話す機会も作れなくてね。今晩は抜け出して来たんだ。場所はアンナが教えてくれた。やたらと元気だったよ」

「なるほど」

アンナさんも多忙な筈《はず》なんだけど……リサさんが来るからかな？

リチャードは花畑の中で練習しているティナ達を眺めながら、口を開いた。

「――ユースティン帝国との講和が正式に成立する。賠償金は無し。国境付近にある『シキ』と呼ばれる僻地《へきち》を割譲してくる。僕等は調印式の警備計画でてんてこ舞いだ」

王国北方ロストレイの地で大敗を喫した後、同帝国内では皇帝による粛清が開始され内乱状態、と聞いている。

正式講和を結ぶ、ということは……一通りの『掃除』は終わったらしい。

僕はハーブティーを一口飲み、お互いの認識を擦り合わせる。

「侯国連合は未《いま》だ混乱の渦中《かちゅう》と聞いています。東部国境はどんな状況なんでしょう？」

王国は北部でユースティン、南部で侯国連合を叩《たた》き、安定化に成功した。

血河《けつが》で睨《にら》み合《あ》う西部の魔族達は恐るべき相手だけれど、全面戦争は望んでいない。

――問題は東部。

リチャードが秀麗な顔を不快そうに歪《ゆが》める。

「聖霊騎士団は沈黙を続けているらしい。でも、再編された東方諸家及び、北部二侯爵の軍相手に真正面から侵攻してくる程、奴等《やつら》だって馬鹿じゃないさ」

オルグレンの叛乱《はんらん》を利用し、王都、そして東都へ侵入した聖霊騎士達。

『聖女様と、聖霊がそれを望んでおられるっ!!!!!』

戦場で聞いた絶叫が思い出され、僕も顔を顰《しか》めた。

……水都で遭遇した『聖女』を名乗るあの少女は、何を考えて。

熱心にティナと議論をし合い、エリーに落ち着くよう抱き着かれている下の妹の姿に目を細め、リチャードが淡々と声を発した。

「今の所、国内で聖霊教に動きはない。アンナとうち幕下のサイクス伯爵家。西方のチェッカー伯爵家が全力で内偵を行っている。問題はむしろ――」

ポケットから大陸西方の地図を取り出し、王国北東の国を指で叩いた。

「ララノアだ」

――ララノア共和国。

ユースティン帝国北東部に位置し、約半世紀前、光属性極致魔法を操る公爵を主導者とし、帝国から独立を果たした若い国だ。

王国とも、大陸最大の塩湖である『四英海《しえいかい》』を挟んで接し、オルグレンの叛乱にも関与していた可能性が高い。

……叛乱への関与は座視出来ないものの、喫緊の問題が？

僕の怪訝《けげん》そうな視線を受け、赤髪の公子殿下が教えてくれる。

「独立以来、初めて政権が変わる可能性が高いそうだよ。上は慌てている」

「はぁ」

ララノアの政体については知ってはいるものの、何故《なぜ》、王国上層部が『懸念《けねん》事項』という認識を有しているのかが分からない。

すると、公子殿下が懐《ふところ》から数枚の紙を取り出してきた。映像宝珠を写した物のようだ。

「……これは？」

「ユースティン側が交渉材料として渡してきたものの複製品だ。彼等《かれら》にとって、ララノアは不倶戴天《ふぐたいてん》の敵だからね。諜報《ちょうほう》活動の際に偶々《たまたま》映り込んだものらしい」

そう言うと、リチャードは一枚目を捲《めく》った。

画質はかなり粗く、遠方から撮影されたと一見して分かる。

分かるが……薄汚れた灰色ローブを身に纏《まと》うこの男と、水都で猛威を振るい、リディヤやレティ様と互角に戦った少女剣士を忘れられはしない。

僕は絶句し、名を零《こぼ》した。

「……ジェラルドと聖霊教のヴィオラ……」

叛乱の混乱下、王都へ護送中に行方不明となった元ウェインライト第二王子。東都を大精霊『炎麟《えんりん》』で燃やし尽くそうとした男と、『三日月』アリシア・コールフィールドに付き従っていた少女剣士が一緒に行動している……？

「奴等だけじゃない」

リチャードが二枚目を捲った。

路地を歩く青年と若い女性――オルグレン公爵家三男グレゴリーとその従者イト。

東都郊外、『別離の滝』から落ち、死んだと思われていたけれど、生きていたのかっ⁉

顔を上げると、近衛騎士団副長は冷静な実戦指揮官としての表情を覗《のぞ》かせていた。

「詳細は不明だ。……個人的にはもう一人の方が驚いた」

三枚目が捲られる。

露店の立ち並ぶ通りを闊歩《かっぽ》する大柄な赤髪の男性。腰に剣を提げ、両手には焼き菓子を持っている。

「『剣聖』リドリー・リンスター公子殿下⁉　ど、どうして、ララノアに……」

リディヤが殆《ほとん》ど魔法を使えなかった王立学校時代。

極短期間だけ関わった、恐るべき剣士にして……僕が知る限り、リサさんを除き、唯一リディヤを純粋な剣技で負かしかけた人物だ。

当時は知らなかったけれど、リリーさんのお兄さんでもある。

リディヤとの一騎打ち、その後の黒竜戦後――『我、未《ま》だ大海を知らず』というメモを残し失踪していたのだけれど……リチャードが額を押さえた。

「一難去ってまた一難さ。君の探しているエルンスト・フォスという男や、獣人族の裏切り者達もララノアで見た、という情報も入っている。こういう件もあって、陛下やシェリル王女殿下は会談やら会議続きでね……リィネに聞いたかな？　リディヤ、日に日に不機嫌になっているよ。いよいよ暴発しそうだ」

「みたいですね」

シェリルと喧嘩《けんか》してなければいいけど……。

僕の同期生達が本気でぶつかり合ったら、王宮が半壊してしまう。

気を取り直し、僕は先程届いた手紙をテーブルへ置く。エリーが小さな花の椅子を作り出し、ティナとリィネが拍手している。

リチャードが二杯目のハーブティーを注ぎ、カップに口をつけた。

「それは？」

「スイからです。近々モミジさんと正式に結婚するそうで。王都への新婚旅行を贈るつもりだったんですが、この状況ですからね。中止になってしまいました。けど——あの弟弟子から珍しくお願いされたんですよ」

東都に住む狐《きつね》族のスイは年上の幼馴染《おさななじみ》であり、体術を一緒に習った弟弟子でもある。

モミジさんは彼の婚約者で南方島嶼《とうしょ》諸国出身。長い黒髪が印象的で、聡明《そうめい》な女性だ。

僕はリチャードへ内容を説明し、頭を下げた。

「——と、いうわけなんです。御多忙だと思うんですが」「アレン」

赤髪の貴公子は静かに僕の名を呼んだ。頭を上げると破顔。

「戦友の門出だよ？　万難を排し出席させてもらう。東都で戦った者達もね」

「ありがとうございます」

僕は改めて再確認する。社会的地位に一切頓着せず、共に戦った者を大事に心から想《おも》うリチャード・リンスター公子殿下は、真《まこと》にリンスター公爵家を継ぐに足る。

ハーブティーを飲み干し、近衛騎士団副長は立ち上がった。

「さて——じゃあ僕は行くよ」

「スイの件、詳細は後程お報《しら》せします」

「うん。きっと皆も喜ぶ。……ああ、そうだ、アレン。ステラ嬢とエリー嬢に対するチセ様の評価って君は――い、いや何でもない。妹達をよろしく」

途中で勝手に納得し、リチャードは屋敷《やしき》へと歩き始めた。どうしたんだろう？

僕がティナ達へ意識を戻そうとしていると、

「――……肝心なことを忘れていた。アレン！」

リチャードが立ち止まった。リィネも気付き「リチャード兄様？」と小首を傾《かし》げる。

視線を公子殿下へ向けると、ニヤニヤしていた。……嫌な予感が。

「叔父上と叔母上が君に会いたがっているみたいだ。頭の片隅に置いといておくれ」

「はぁ」

僕は間の抜けた声しか出せない。リュカ・リンスター副公爵殿下と夫人に面識はない。

アトラス侯国絡《がら》みかな？　全部ニケへといくようにしているんだけど。

「先生～」「兄様～」「し、質問したいです」

ぼんやりとしていると、ティナ達が大きく手を振って僕を呼んだ。

――いけない、いけない。今の僕はこの子達の家庭教師。

難しい話は、全部偉い人達か出来る人達に任せてしまおう。主に教授と学校長に。

手を振り、少女達へ向かって歩き出す。

「ティナ、エリー、リィネ、今行きます」

＊

「「ただいま――ふわぁぁぁ……」」

お風呂《ふろ》から戻って来た寝間着姿のティナとリィネは、僕の部屋に入った途端、同時に大きな欠伸《あくび》をし、ベッドに飛び込み目を瞑《つぶ》った。

「んにゅう……」「♪」

新しい商談について先程まで熱弁を振るい、今はアトラを抱きしめてぐっすり寝ているフェリシアが寝言を零す。……淡い紫色の寝間着は薄手で、少しばかり目に毒だ。

「た、ただいま帰り――あ」

少し遅れて部屋に入って来た、薄翠色《うすみどりいろ》の寝間着にケープを羽織ったエリーが口元を押さえ、目をパチクリさせた。

僕は二人の公女殿下へ優しく話しかける。

「ティナ、リィネ、眠いなら自分の部屋へ行きましょう」

「う～……」「あにさまぁ……」

ふにゃふにゃな公女殿下達はベッドで寝息を零し始めた。

エリーが微笑《ほほえ》みながら二人へ近づく。うん、天使だな。

ただ、四人を寝かすのは少しばかり手狭かもしれない。

「アレン様、私達にお任せください」『お任せください☆』

部屋へ入って来た、エマさんとシンディさん率いるメイドさん達が、ソファーを運んで
きて、手慣れた様子でフェリシアを乗せ運んで行く。南都でもこうしてきたんだろうなぁ。

「アトラちゃん、抱っこしますよ～♪」

続けて、白髪幼女をシンディさんが抱き上げ、僕へ向けて片目を瞑った。

「ステラ御嬢様《おじょうさま》とカレン御嬢様の御出迎えは手配しておきました。御安心を～♪」

「ありがとうございます。フェリシアとアトラをよろしく」

メイドさん達へ会釈《えしゃく》し後を託す。……僕は別の部屋で寝よう。

ティナとリィネを起こさぬよう廊下へ出ると、僕は隣の寝間着天使さんへ尋ねた。

「エリーは眠くないんですか？」

「は、はひっ。えっと……アレン先生にお会いするの、一週間ぶりなので……その、う、
嬉《うれ》しくて……。お湯に浸《つ》かったら、疲れも取れましたし…………」

前髪を弄《いじ》りながら、恥ずかしそうに俯《うつむ》いた。

あれだけ訓練したのに……ウォーカーの跡取り娘は凄《すご》い。

僕は内心で舌を巻きながら、懐中時計を取り出し時刻を確認。

幾らステラとカレンが勤勉でも、いい加減屋敷へ来る頃だろう。

王都の治安は他都市に比べ良《い》いとはいえ、あれだけの騒乱後だ。迎えに出ようと思っていたのだけれど、シンディさんが手配してくれたようだし。

懐中時計を仕舞い、隣の少女へ悪戯《いたずら》っ子の表情で提案してみる。

「エリー、少し付き合ってくれませんか？　ステラとカレンを驚かせたいんです」

内容を説明すると、年下メイドさんは何度も頷《うなず》き、綺麗《きれい》に微笑んだ。

「――はい。喜んで、アレン先生♪」


妹達を乗せた自動車が屋敷に到着したのは、僕とエリーが一仕事終えた時だった。

エプロンを畳んでメイドさん達へ後を託し、エリーを連れて急いで玄関へと向かう。

階段を飛ぶように駆け降り広場へ行くと、玄関は既に開いていた。

その前で、王立学校の制帽を被《かぶ》り、外套《がいとう》を羽織った狼《おおかみ》族の少女が、メイドさん達に御《お》礼《れい》を言っている。僕は左手を軽く振り、名前を呼ぶ。

「カレン」

「？　兄さん♪」

ぱぁぁぁ、と表情を明るくさせ、王都では未《いま》だ差別の対象となる獣人でありながら、実力で王立学校副生徒会長となった妹が、尻尾を大きく振りながら僕の胸の中に飛び込んできた。歓喜で紫電が漏れ、魔力灯が明滅する。

「お疲れ様、カレン。随分と遅かったね？」

妹は制帽を脱ぐと、僕の手を動かして自分の頭に乗せ、唇を尖《とが》らせた。

「……疲れました。とっても疲れました。兄さんから譲ってもらった制帽がなかったら、氷曜日まで耐えきれなかったかもしれません。私は大変に疲弊しています。甘やかしてください。妹を甘やかすのは兄の義務。これは普遍の理です。そうですよね？　エリー」

「仕方ないなぁ」「え、えっと……」

エリーが戸惑う中、甘えたな妹の頭を撫《な》でていると、もう一人の待ち人が玄関から中へ入って来た。カレンと同じ服装だが、腰に細剣は提げていないようだ。

整列したリンスターのメイドさん達の背筋が伸び、美少女へ深々とお辞儀。

「ありがとうございます。助かりました」

「い、いえ……」「聖女様をお助け出来て、こ、光栄です」「お美しい……」

僕は少し困っている、ここ数ヶ月で大人びた生徒会長さんを労《ねぎら》う。

「お疲れ様です。ステラ」「ステラお姉ちゃん、寒くなかったですか？」

長い白金の薄蒼髪《うすあおがみ》を純白のリボンで結った少女——ティナの姉であり、王立学校生徒会長を務めているステラ・ハワード公女殿下の両手をエリーが握り締めた。

公女殿下は嬉しそうに表情を緩める。

「エリー、大丈夫よ。アレン様、夕食は少しだけで……お腹《なか》が減っちゃいました」

歩く度に小さな白光が現れ、空間が浄化されていくのが分かる。三ヶ月前からステラを悩ませている、光属性の謎の極大化は未だに継続中——……ん？

ほんの微《かす》かに別属性を感じたものの、掻《か》き消える。気のせいか……。

「カレン」「……はーい」

不承不承といった様子で僕から妹が離れたのを見計らって、エリーに片目を瞑る。

「お腹が空いているなら、夜食があるんです」

「ア、アレン先生と私で作っておきました！　……えっと、食べて」

「食べます」「食べるわ、エリー。ありがとう」

カレンが獣耳を揺らし、ステラはもう一人の妹同然でもあるメイドを抱きしめた。

「あぅ……ステラお姉ちゃん、冷たいです……えへへ………」

エリーは照れながらも、嬉しそうに抱きしめ返す。

それを見つめるメイドさん達の顔にも笑みが零《こぼ》れる中——手を叩《たた》く音が広場に響いた。

視線を向けると、満足気な様子のシンディさんが促してくる。

「ささ、まずはお風呂へ入って温まってくださいー。此方《こちら》です♪」

「ありがとうございます、シンディさん。エリーもう一度入る？」「は、はひっ！」

乳白髪のメイドさんに先導され、カレンとエリーが歩き出した。広場に残ったのは僕とステラだけだ。夜食を部屋へ運ばないと──突然、左手を握り締められた。

「？　ステラ？？」

「……冷えてしまったので。ダメ、ですか？」

恥ずかしそうに薄蒼髪の公女殿下は俯き、僕へおずおず、と尋ねてきた。

制帽を飾っている蒼翠《そうすい》グリフォンの羽根の位置を直し、大袈裟《おおげさ》に頭を振る。

「大変光栄です。ステラ・ハワード公女殿下。ですが──こんな遅くまで頑張るのはいけません。今後は止めましょうね？」

「──……心配、して下さいましたか？」

ステラが僕の胸に頭を押し付け、小さく小さく零した。耳が真っ赤だ。

僕は無言で背中をほんの一、二度叩いた。

すると、美少女は無数の小さな光を空中に顕現させつつ、幸せそう。

左手で制帽を取り、乱れた髪を手で直してあげようとし──背に殺気。

「兄さん、ステラ？　何を……しているんですか……？」「……う～」

「！」

振り返ると、冷笑を浮かべた妹と栗鼠《りす》のように頬を膨らませた年下メイドがジト目。

……いけない。命の危機だ。

僕は薄蒼髪の公女殿下を背中へ退避させ、猛《たけ》るカレンとエリーを迎え撃った。

＊

「まったくっ！　兄さんは優し過ぎますっ‼　その優しさは世界で一人しかいない妹へ注がれるべきものの筈《はず》です。猛省してください。……ステラもよっ！」

入浴を終え、多めに僕とエリーが作った夜食——焼いた肉を挟んだパンと温かい野菜のスープを、ぺろりと平らげ、今は小皿に取り分けたデザートのタルトを頬張っている妹が怒り、淡い黄色の寝間着とケープが揺れる。

さっきまでお喋《しゃべ》りに加わっていたエリーは眠くなってしまったらしく、メイドさん達が寝室へ運んで行った。偶《たま》にはこういう夜更《よふ》かしも悪くないだろう。

窓際《まどぎわ》の椅子に陣取っていた僕は本を読むのを止め、ソファーで行儀よく紅茶を飲んでいる、薄蒼色《うすあおいろ》の寝間着姿のステラは反論。

「機会均等は必要だと思うの」「カレン、機嫌を直しておくれ」

「……ふんっ、だ！」

妹は荒々しく尻尾を振りながらベッドに腰かけ、自然な動作で枕を膝上に乗せると同時に、脇机上にある僕の外套も手に取り、抱きしめた。

甘えたな妹を微笑ましく思いながら、話題を変える。

「そう言えば——ステラは最近、北都や南都、水都だけでなく、王都でも『聖女』様と呼ばれているとか。何人もの患者さんを治癒した、と聞いています」

昨今のステラの成長ぶりは著しい。

症状に悩まされながらも日々の努力を継続し、今や浄化だけならば王国でもシェリルと並び屈指の水準だ。薄蒼髪の公女殿下が困った顔になり、カップをテーブルの上へ置いた。

「アレン様まで止めてください。私は『聖女』なんかじゃ。むしろ——」

「兄さんも、水都では『水竜の御遣い様』と呼ばれているみたいですね」

妹がここぞとばかりに痛い所を突いて来た。ステラも首肯し、誇らしい笑み。

窓の外に広がる王都の夜景を見つめ、僕は嘯《うそぶ》く。

「……カレン、止めよう。妹による兄虐《いじ》めは世界の理から外れているよ？」

「外れていません」「アレン様、御認めになってください」

「ぐぅ」

王立学校が誇る生徒会長と副生徒会長の攻撃に、僕は呻《うめ》くことしか出来ない。

……水竜の件はこれ以上広まらないようにしてもらおう。ニケに。

口元を隠して笑っている、ステラへ話を振る。

「ともかく！　光属性魔法は大分上達したみたいですね」

「毎日、アレン様のノートを読んで練習しているので。相変わらず、他属性の魔法や攻撃魔法、最近では基礎的な身体強化魔法ですら体調が悪くなってしまいますけど……」

力なく顔を伏せたステラに儚《はかな》さを感じ、僕は席を立った。

近づいて片膝を折り、励ますと同時に謝罪を口にする。

「『花竜』への儀式は始まりました。もう少しの辛抱です。……僕の力不足で君に」

少女の白い手が僕の口元を押さえた。

ステラの顔が視界いっぱいに広がり――額を当て祈るような告白。

「謝るのは禁止、です。……アレン様が抑制の魔法を編んで下さらなかったら、私は今頃普通の学生生活をおくれず、きっと北都で寝込んでしまっています。毎日、心から感謝しています。貴方《あなた》がいるから、私は……」

「――……こっほん！」

「!」

カレンがわざとらしく咳払《せきばら》いをし、僕達が慌てて離れた。

薄蒼髪の公女殿下の頬が見る見る内に赤く染まっていき、

「す、すいません！　わ、私、紅茶を淹《い》れ直してきますね」

カップを手にして部屋から脱兎《だっと》の勢いで出て行った。無数の光球が踊り舞う。

……ポット、持って行かなくて大丈夫かな？光球を消していると、ベッドから降りたカレンがにじり寄ってきた。

「……にいさぁぁん……？」

僕はそんなやきもち焼きな妹に、向き直り――真剣な口調で告げた。

「カレン、ステラをよろしく。気にかけておくれ……ハワード公爵家の長女が『氷属性魔法を使えない』のは僕等が思っている以上に辛《つら》いことだと思う。以前のティナやリディヤとは、また違った意味でね」

「……分かっています。学内では殆《ほとん》ど聞きませんけど、零じゃありません」

意図を察してくれた賢妹は、ソファーへ腰かけると唇を尖らせた。

「でも……私も……私だって兄さんに何時《いつ》も感謝しています。隣に座ってください」

隠しようのない拗《す》ねを感じ、僕は素直にその命令を受諾。

カレンの左隣に腰かけると、すぐさま肩をくっ付けてきた。頰を掻きながら提案する。

「……制帽は新しい物を買って」「嫌です。絶対に嫌です」

断固たる口調。こういう時の妹を説得できた例《ためし》はない。

目で『撫でてください』と訴えてきたので、髪を手櫛《てぐし》で梳《す》く。

妹は昔と同じようにくすぐったそうにしながら、身をよじった。

「近々カレンにも西方から使者が来るってさ。目的は――」「短剣の件、ですかぁ？」

目を閉じて眠たそうにしながら、カレンが後を引き取った。

「うん。人に託して送りますって伝えたら『我等が団長の短剣を粗相には扱えないっ！』と手紙で怒られてしまったよ。僕の妹さんは、ちゃんと鍛錬をしてくれているかな？」

「していまーす。私は兄さんの妹なんですよ？　だから――もっともっと頼ってください。リディヤさんにも、ステラにも負けるつもりはありません！」

カレンは嬉《うれ》しそうに頭を僕の右肩に乗せてきた。

妹に頼る兄はちょっとなぁ……僕は何時教育を間違えたんだろう？

悩んでいると、入り口の扉が静かに開いた。

「も、戻りました。ポットを忘れてしまって……」

「おかえりなさい、ステラ」「おかえりなさい」

恥ずかしそうな公女殿下は、目をパチクリ。

無言のまま扉を閉めると、早歩きで僕の左隣へ腰かけた。

カップを脇机の上に置き、両膝を揃《そろ》え、自分の髪に触れながら口を開く。

「──父とグラハムが」

「？」「…………」

何時になく緊張している声に僕とカレンは小首を傾《かし》げる。

ステラは胸ポケットから、蒼翠グリフォンの羽根を取り出し、普段通りの口調で告げた。

「アレン様と一度じっくりと話し合いたいことがある、と」

「ワルター様とグラハムさんが、ですか……」

間違いなく『十日熱病』と幼い頃のローザ・ハワード様のメモの件だろう。

水都で得られた情報は逐次、北都へ報告しているものの……王都帰還時に受け取った書簡は御二人の興奮度が伝わるものだった。

公爵家と諜報《ちょうほう》分野において他の追随を許さないウォーカー家が、全力で調査しても見つからなかった情報が、ここにきて異国から齎《もたら》されたのだ。無理もない。

右肩に温かさと柔らかさを感じた。カレンが顔を覗《のぞ》かせ、指摘する。

「……ステラ、さっきより近づいていない？」

「……そんなこと、ないわよ。さっきと同じ」

「「………うふふ♪」」

僕を挟んで少女達の視線がぶつかり合う。

二人の頭に手を伸ばし、ぽんぽんと叩《たた》く。

「はいはい、喧嘩《けんか》をしない。明日もあるし、そろそろお開きです。片付けは僕が」

「……はい、は一回です」「……アレン様はズルいです」

カレンとステラは不満気に立ち上がると、入り口へと向かった。

これでどうにか――二人が突然立ち止まり、振り返った。

「やっぱり……嫌です！」「まだ……眠たくありません！」

「「もっと、お話ししたいし、お話を聞きたいですっ‼」」

「……一緒に、紅茶を淹れ直しに行こうか」

僕は苦笑して席を立つと、二人の少女へ再提案。

すると、カレンとステラは嬉しそうに顔を綻ばせた。

「「――……はい♪」」

＊

翌日早朝。

僕の意識を半ば覚醒させたのは、お腹《なか》と背中の温かさだった。

……季節はもう冬なんだけどなぁ。

ぼんやりしながら、ゆっくり瞳を開けて左右を確認する。

僕のお腹と背中に抱き着きすやすや寝ていたのは——白服の幼女達。

「アトラと……リア？」「「♪」」

白髪と紅髪《あかがみ》の幼女は狐《きつね》と獅子《しし》に似た獣耳を震わせ、表情を楽しそうに綻ばせた。

アトラがいるのは分かるけれど、あいつと一緒に行動しているリア——八大精霊の一柱『炎麟《えんりん》』がどうして。

——ようやく、意識が完全に覚醒する。

視界の外れに見えているのは、長くて美しい紅髪と椅子に座り組まれている細い脚。

幼女達を起こさぬよう上半身を起こし、頬杖《ほおづえ》を突いて僕を見つめている美少女と向き直る。着ている物は普段の剣士服だ。

紅髪の美少女――王国南方を統《す》べるリンスター公爵家長女にして、『剣姫』の異名を持ち、つい先日、一足先に十八歳になった相方にぎこちなく挨拶する。

「お、おはよう、リディヤ」

「おはよう、アレン」

二週間ぶりのやり取り。けれど、何故《なぜ》だろう。窓の外からはカーテン越しに柔らかい朝陽《あさひ》が差し込んできているのに……部屋の温度が下がったような？

アトラに浮遊魔法を静謐《せいひつ》発動し、リディヤに質問する。

「……えーっと、どうして此処《ここ》に？　今日も王宮だって」

瞬間、僕は失敗を悟った。

王立学校入学試験以来の付き合いである少女の瞳に、暗い業火《ごうか》が揺らめく。

「……そんなの決まっているでしょう？　忌々《いまいま》しい腹黒王女の、偏執じみた警戒網を突破して来たのよ。何処《どこ》かの誰かさん直伝らしくて、大分苦労させられたわ」

「アハ、アハハ……」

乾いた笑いを零《こぼ》しながら僕は毛布を捲《めく》り、アトラをリアの隣へと移動させた。

学生時代、シェリルに警戒魔法を教えたのは僕なのだ。

……直属護衛官の逃走対策に使われるとは思わなかったな。

白髪幼女はもぞもぞと動き、紅髪幼女に抱き着く。とてもとても可愛《かわい》い。

現実逃避していると、指で頬を突かれる。

「い、痛いんだけど？」

「……憎らしい。あんたは平気そうじゃない。——……私はもう限界なのに」

小さく呟《つぶや》き、リディヤはベッドに身体を投げ出してきた。長い紅髪が乱れ、広がる。『剣姫』として、大陸西方に武名を轟《とどろ》かせる公女殿下の姿とは到底思えない。

僕のお腹に顔を埋めている少女の紅髪を手で梳きながら名前を呼ぶ。

「リディヤ」

「……言われなくても分かっているわよ。今の情勢を見れば、『血』を聖霊教に狙われかねないシェリルの護衛が必要なのも分かるわ。でも——……でもね？」

聖霊教の使徒達は、ジェラルトや、ユースティンの皇太子の血を用いて禁忌魔法を戦場で使用した。

少女が顔を上げ、僕を潤んだ瞳で見つめ、駄々っ子のように訴えてくる。

「無理なものは無理なのっ！　……こんなことなら、水都に居れば良かったたっ‼」

感情に呼応し、室内を舞い散るやや黒ずんだ炎羽《えんば》を手で消す。やはり、水都ではずっと一緒に過ごしていた反動が出てしまっているようだ。

リディヤの頭を優しく、ゆっくりと撫《な》でる。

「……仕方ない、公女殿下だなぁ」

「そうよ？　知っているでしょ？」

拗ねた口調で言い返し、リディヤは珍しく自分で浮遊魔法を発動させた。

窓際《まどぎわ》に置いてあった木製の椅子を移動させ、自分の隣へ降ろすと、軽く叩いた。

「…………隣、座って！」

「御姫様の仰《おお》せのままに」

素直に従いベッドから降りて、腰かける。

すると、リディヤはすぐさま膝上に頭を乗せてきた。

僕の右手薬指に嵌《はま》っている指輪を忌々しそうに弄《いじ》り、右手首にリリーさんが贈ってくれた腕輪がないことを確認し、多少機嫌を回復する。敵地ではない為《ため》、はずしていたのが功を奏したらしい。

寝転んだまま僕の頬に触れて、要求してくる。

「――……魔法生物の連絡、増やして。一日三回じゃなく、四回」

「了解」

「あと、亡命先を探しておいて！」

「……それはダメです」

「けちー」

ようやく少しだけ笑顔になり、リディヤは文句を言った。

頭を撫でながら、リチャードにも伝えた話を直接話す。

おめでたい話だし、何よりリディヤはこういう風に、きちんと話すのを好む。

「報《しら》せておいた通り、スイ達が近々王都に来るんだ。それでさ——」

僕の話を静かに聞き終えた少女は真面目な顔になった。

「……参加したいけど、難しいと思うわ。ユースティンの皇女が講和の使者として来るみたいなのよ」

ヤナ・ユースティン皇女。

直系ではないものの、才覚は並外れたものがあるらしい。

現在、聖霊教に踊らされた皇太子派を粛清中の北の老皇帝は、何かを画策しているのかもしれない。教授が張り切っているらしいし、後れを取るとは思えないけれど。

少女に軽く頬を摘まれる。

「う～……少しは残念がりなさいよぉ……。アレンは……私と一緒にいたくない、の？魔力も繋《つな》いでくれないし……」

幼くして魔法の殆《ほとん》ど使えない公女──『リンスターの忌《い》み子』と呼ばれ、優しいが故に強くあろうとし、人知れず泣き続けた。

魔法を使えるようになり、『剣姫』を継承し、数多《あまた》の武勲を積み上げても、その本質は変わらず。僕の前では甘えたがりな女の子なのだ。

「リディヤ、立って」

「……………何よぉ？」

やや不満気にしながらも立ち上がった少女に相対し、僕は右手を横に伸ばした。

──【双天】リナリア・エーテルハートに託された魔杖《まじょう》【銀華《ぎんか》】が顕現。

同時に、コルク栓が嵌っている細長い硝子《ガラス》の小瓶も取り出す。

中には尋常ではない程の神聖さを帯びた水。リディヤが目を丸くした。

「それって──水都神域の？　でも、殆ど持ち出せなかったんでしょう？」

「うん。水は小瓶で三つ。花は一輪だけだったね」

水竜が降臨を果たし、僕達が大樹と呼んでいる『世界樹』の若木が根付き、更には大精霊『雷狐《らいこ》』『炎麟』『氷鶴《ひょうかく》』──そして、人を愛した『海鰐《かいがく》』の祝福を受けし侯国連合の水都中央島旧聖堂跡は、今や紛れもない神域。

彼の地を離れる日、僕はアトラとリアの力を借り、『海鰐』に願って、そこから無限に湧き出る水と咲き誇る花をほんの僅かだが回収したのだ。

正直に言って、分不相応だけど……。

「っ⁉」

僕は小瓶のコルク栓を開け、水をほんの少しだけ解放した。

水滴は魔法を発動せずに、空中を浮遊。

室内の空気が一変し光すらも増す。……とんでもないな。

驚嘆しつつも僕はこの二ヶ月、試行錯誤を繰り返していた魔法式を発動。

少女が驚き「……水竜の？」と呟いた。

「まさか。模倣、とすら言えないよ。手を」

「う、うん……」

おずおず、と右手を差し出してきた少女に説明する。

「小鳥でやり取りは出来ても、これから君の公務で中々会えないと思う。僕は大っぴらに王宮へは入れないし。かと言って、魔力を浅く繋げ続けると副作用がね」

「……私は別にいいわよ。あんたになら全部あげても」

「駄目です」

少女を窘《たしな》め、魔杖を握り締め──魔法を発動。

水滴が生きているかのように繫がっていき、リディヤの右手薬指に巻き付き、消えた。

大きな瞳をパチクリとし、状況を理解した少女の頰が赤く染まっていく。

「疑似的な繫がりを構築する『誓約』の魔法だよ。学生時代に、南都のリンスターの書庫で、分厚い魔法書に書かれていたやつを改良してみたんだ。王都内くらいだったら、お互いの魔力が何となく感じ取れると思う」

「…………」

リディヤは沈黙し、右手を胸に押し付けたまま俯《うつむ》いている。

僕は魔杖と小瓶を空間に仕舞いながら、早口で言い訳。

「も、勿論《もちろん》、期間限定だよ？　嫌ならすぐに解呪出来る——」「嫌じゃないっ！」

言葉を大声で遮り、紅髪の少女が胸に飛び込んで来た。無数の白羽が舞い踊る。

「——……バカ。ありがと、アレン。これで、もう少しだけ頑張れるわ」

「……無理はしないようにね？　あと、シェリルと喧嘩《けんか》もしないように」

心底幸せそうにしながらも、リディヤは唇を尖《とが》らす。

「前半は留意するわ。後半は無理ね！　あと——……」

「うん？」

突然もじもじとし始め、右手の薬指を見せてきた。そこには何の痕もない。

「こ、こっちじゃなくて……ど、どうせなら、左手に──」

廊下を駆ける騒がしい音。

複数の魔法が叩《たた》きこまれ、結界ごと入り口の扉が吹き飛ぶ。結界？

「……ちっ。少しはやるじゃない。もう少し強く張っても良かったわね」

リディヤは舌打ちすると僕から離れ、侵入者達に相対した。

「先生っ！　御無事──……へぇ」「兄様っ！　……姉様？」「凄《すご》い魔力が……む～」

寝間着姿のティナ、リィネ、エリーの目に剣呑《けんのん》さが生まれていく。

「……リディヤさん、覚悟はよろしいですね？」「…………」

少し遅れてやって来たカレンは早くも雷を纏《まと》い、ステラは僕へ抗議の視線をぶつけてくる。無数の小さな光球が飛び交い、極々微量な黒。……闇属性？

僕はベッドへと退散し、こんな中でもぐっすりと眠っている幼女達の脇へと腰かけた。

「リディヤさんっ！　説明してくださいっ‼」「幾ら姉様でも……」「だ、ダメですっ！」

「少しは恥じらいを持ってくださいっ」「…………」

「はんっ！　何を言うかと思えば。こいつは私のっ！　そんなの常識でしょう？」

『っ！』

ティナ達が容赦なく魔法を放つと、リディヤはそれらを軽く手刀で切り裂き、悠然と窓を開け、手で示して内庭へと降りて行った。少女達も後に続き、ステラも踵《きびす》を返す。

魔力からして、シンディさんは屋根上で警護してくれているようだ。

僕が頭痛を覚えていると、「……屋敷《やしき》の警戒網をあれ程容易《たやす》く……」と顔を強張《こわば》らせているエマさんと寝癖を付けたままのフェリシアが顔を覗《のぞ》かせた。

「……ア、アレンさん？」「止めるのは無理です」

庭では、少女達が早くも激しくやり合っている。

――リディヤの魔力にあるのは純粋な歓喜のみ。

照れくささを覚えていると窓から魔法生物の小鳥が入って来て、肩に停《と》まった。

学校長からの最新情報を教えてくれる。

西都からルブフェーラ公爵殿下とエルフ族の大英雄『翠風《すいふう》』様が、王都に到着されたようだ。庭から聞こえる少女達の声を耳朶《じだ》に受けつつ、僕は眼鏡少女へ提案した。

「フェリシア、先に朝食を食べていましょうか？　……エルンスト会頭のことで、少し話しておきたいこともあります」

第2章

「おお！　アレン、ステラ。急に呼び立ててしまってすまなかった。この後、私も出席せねばならぬ会議があるらしくてな、許せっ！　今、茶の準備をしよう」

週明けの炎曜日。王都、ルブフェーラ公爵家屋敷《やしき》の一室。

優美な部屋で僕達を待っていたのは、美しい翡翠《ひすい》髪エルフの美女――『翠風』レティシア・ルブフェーラ様だった。上機嫌な様子で簡易キッチンへ向かわれる。隣をちらり。

ステラには授業を抜け出してきてもらった。心強い。

白髪幼女と手を繋いでいる制服姿の公女殿下が、僕の視線に気付いた。

「アレン様？　私の顔に何かついていますか？？」

「大丈夫ですよ。ステラが来てくれて良かった、と思っていただけです」

「……そんな。私の方こそ……嬉《うれ》しい、です」

両頬を押さえステラは俯いた。ティナとそっくりな前髪が揺れている。

お茶の準備をして下さっている翡翠髪の英雄様の下へ、尻尾を揺らしながらアトラが近づいていく。ドレスの裾を摑《つか》み、おねだり。

「レティ、抱っこ」

「はっはっはっ！　アトラ、元気だったか？」

左手で軽々とアトラを抱きかかえ、右手でティーポットやカップの載ったトレイを持ったレティ様は近くのソファーへ腰かけられた。

カップにお湯を注がれるエルフの美女へ、僕は深々と頭を下げた。

「水都では大変お世話になりました。王都に殆ど存在しない『十日熱病』や『八大精霊』についての資料調査にも、御口添えいただき――」

「アレン、いらぬ話ぞ。新時代の『流星』に、私が力を貸さずに何とする！　部族長達は本来の役割である『西方守護』を全うする為《ため》、王都に来られなんだが、最後の最後までごねておったわ。チセは、エリーを随分と気に入ったようだ。『あの娘、『樹守の末』だと思っていたんだがね……絶えた筈《はず》の『大樹守り《たいじゅまも》』かもしれないよ』と零《こぼ》していたな。無論！　師であるお前のことも激賞しておった。ああ、単語の意味は聞いてくれるな。我等《われら》の禁忌に触れる。突っ立っておらず、座れ」

「はぁ……」

半妖精族の長『花賢』チセ・グレンビシー様にエリーが見込まれるのは嬉しい。

ただ、僕自身はそこまで褒められることをした記憶がない。『魔法式は僕も学んでも？』と許可を取ったくらいだ。

……そして、『大樹守り』。

トゥーナさんは聖霊教の使徒に『樹守の末』と呼ばれていた。違う存在なのか？

脳裏にメモしておき、ステラへ目配せ。

目の前のソファーへ着席すると、レティ様がお湯を捨てられていく。

そして、何でもないかのように用件を告げられた。

「今日、お主たちを呼び寄せたのは他でもない。『花竜の託宣』が降りた」

今から約三ヶ月前――東都で、僕は西方諸部族の長達に幾つか願いを託した。

リンスターの炎剣《えんけん》『真朱《しんしゅ》』を超える短剣の作成。『流星』が使った短剣の再鍛錬。植物魔法、その神髄の教授。

そして、ステラが抱えている『光属性が溢《あふ》れ出《で》る魔力増加』の治療方法を竜人族の巫女《みこ》を通し、花竜へ問いかけること。でもまさか、本当に託宣が降りるなんて。

――竜はこの世界における絶対種だ。

僕は、並び称される『悪魔』『吸血鬼』と交戦した経験も持っているが……かつての黒竜戦を生き残ったのは奇跡。

リディヤと今は亡《な》き親友ゼルベルト・レニエがいなかったら、死んでいた。

そんな竜から極々稀《まれ》に齎《もたら》されるものは絶対。

世俗の権威を遥《はる》かに超越し、履行しなければどうなるか分からない。

幼い頃、母に教えてもらった昔話を思い出す。

『世界に七頭いる竜はね？　星の代弁者でもあるの』

……王都に偉い人達が集まるわけだ。

ステラの左手が僕の手を握り締めた。微《かす》かに震えてる。

僕はわざと明るい声でエルフの美女へ話しかけた。

「レティ様、お茶なら僕が。母直伝なんです」

「よいよい。お前達は客人──特にアレン、お前は西方諸家全体の大恩人なのだぞ？　水都であれだけ言ったのに、休んでおらぬとも聞いておる。困った男めっ！　アトラ、我が手並！　とくと見ていよっ！」「♪」

硝子《ガラス》製のポットにお湯が注がれると、中の茶葉が躍り、開いていく。

尻尾を揺らすアトラに慈愛の視線を向けながら、レティ様が説明を再開された。

「竜人族は帰国した後、直ちに、花竜が年に一度だけ降臨する獅子《しし》族の隠れ里『花の谷』

へ出向いた。知っての通り『竜』という存在は、滅多に人前に現れぬ。それは、相手が竜人族の『託宣者』だとしても変わりはせん」

　レティ様が右手をほんの軽く動かされると、テーブル上に色とりどりに菓子が載ったお皿が現れた。転移魔法！

　目の前に、淡い翠色《みどりいろ》のカップが置かれる。

「事実——当代の巫女も遭遇したことはなかったらしい。最後に直接、花竜と会った者は百年前以上だそうだ。飲め。中々に美味ぞ」

「ありがとうございます」「——凄く良い《い》香り」

　ステラが上品な動作でカップを手にし、感想を口にした。アトラも目を細め、獣耳を震わせている。窓際《まどぎわ》の壁に背中を預けられたレティ様が悪い顔になられた。

「西方諸家の中でも商いに大層熱心なゾルンホーヘェン辺境伯爵閣下が、王都で密《ひそ》かに売《う》り捌《さば》こうとしている特級品なのだが……販路に難儀しておるようでなぁ」

「うちの切れ者番頭さんの仕事を増やしてほしくないんですが……後程連絡先を」

　僕は大樹を象《かたど》ったクッキーを齧《かじ》る。独特な風味でこれも売り物になりそうだ。

　レティ様が本題に戻られる。

「花竜への託宣は私も見たことはない。イーゴンの話だと——三日月の夜、里にある古い聖堂で『託宣者』が問いに対する答えを求めて、一晩中祈り続ける儀式らしい」

僕は水都の旧聖堂を思い出す。かつての優しき侯王もそれを模して？

イーゴン・イオは大陸全土にその勇武さを以《もっ》て鳴る竜人族の長で、娘さんが当代の『託宣者』だと聞いている。紅茶を飲みレティ様が続けられた。

「するとな？　夜と朝の狭間《はざま》で『声』が届く。記録に残っている限り、その『声』が間違ったことはない。ただし、答えぬことも多い。魔王戦争開戦前の問いかけ──『人族は魔王に勝てるのか？』に反応はなかったと聞く」

『竜』は人知を超えた存在ではあるけれど、人族を視界の中に殆《ほとん》ど入れていない。

水都で僕が水竜と直接会話をしたこと自体、稀有《けう》な出来事なのだ。

アトラがソファーから降りステラの膝上によじ登ってきた。

公女殿下も慣れたもので、楽し気に口元をハンカチで拭っている。

「……だが、此度《こたび》は違ったようだ」

レティ様がカップをテーブルへ置かれ、やや硬質な声を放たれた。

窓硝子に強風がぶつかり、音を立てる。僕とステラは固唾を呑《の》む。

「『託宣者』アアテナ・イオは『声』を持ち帰った。この数百年間で、最も完璧にな。……花竜と直接言葉を交わしたそうだ」

「っ！　花竜が降臨したと⁉」「そ、そんな……」

ありえない事態に僕とステラは呆然《ぼうぜん》とする。

表情を見る限り、歴戦の勇士であるレティ様も同じ想《おも》いのようだ。

「最初は私も耳を疑った。……が、イーゴンは、この手の冗談を言えぬ。当の巫女も神聖さに当てられ今も寝込み、体調を崩しておる。花竜が降臨した一帯は神域と化し、人が一切入れなくなっているのをチセと我が家の者も確認した。事実だと認めざるを得ん」

「「…………」」「？　♪」

自分を落ち着かせる為に、僕とステラはアトラへクッキーを交互に食べさせた。

……水竜との遭遇があの程度で済んだのは幸運だったんだな。

レティシア・ルブフェーラ様が背筋を伸ばされた。

「狼《おおかみ》族のアレン。ステラ・ハワード公女。竜人族の長イーゴン・イオの名代として、『花竜の託宣』を伝える」

「「はい！」」

僕達も立ち上がり、視線を受け止める。

「『【星射《う》ち】の娘に尋ね、【楯《たて》】の都――【記録者】の書庫を『最後の鍵』『白の聖女』

『大樹守りの幼子』で降りよ。深部にて汝等《なんじら》は邂逅《かいこう》せん。矮小《わいしょう》なる人の執念に』」

……剣呑《けんのん》な託宣だ。

本当にその場所へ出向けば、ステラの症状が治癒するんだろうか？

少女は不安そうに僕に身体《からだ》を寄せ、膝上の幼女もきょろきょろしている。

僕は目線でレティ様へ先を促した。

「意味はチセと竜人族に解読させた。【星射ち】はユースティンの家祖の異名。【楯】の都、というのは王都の古い呼び名。他の面々は……察しがついておるな？」

「はい。僕とステラ。そして――」

「お主等の関係者で該当するはエリーであろう。ふんっ。チセの予測通りよ。問題は『記録者』だ。封印書庫への入室を説得するのは難儀ぞ」

……【記録者】？

何者か分からず、僕はレティ様を見た。

「【記録者】とはクロム、ガードナー両侯爵家が持つ建国以来の古き役職だ。彼奴《きゃつ》等の家祖は毛色が異なっておるらしくての。……だが、彼の家の封印書庫に立ち入れるのは当代当主のみ。王族であっても先例はほぼない。『花竜の託宣』という異例中の異例を以て、ステラとエリーは入室出来ても……」

そこまで言ってエルフの美女は口籠り、苦々しそうな表情を浮かべられた。

『姓無し』かつ獣人族の養子である僕が入るのは厳しい、か。

しかも……クロムとガードナー。

オルグレンの叛乱《はんらん》時には日和見を決め込み、ジョン王太子を『餌』にした残存貴族派の『掃除』にも協力した、不気味な二侯爵家。

僕がティナ達の家庭教師になる切っ掛けとなった王宮魔法士試験の不合格は、第二王子だったジェラルドと、王宮魔法士筆頭のゲルハルト・ガードナーの策謀だった。

水都へ行く前、僕とリディヤはガードナー侯爵邸を炎上させてもいる。

「アレン様……」

ステラが僕へ身体を寄せ、肩を微かにくっつけて来る。

二人だけで降りても大丈夫なよう、準備を整えておかないとな。

突然——レティ様が手を叩《たた》かれた。アトラが獣耳と尻尾を大きくする。

「安心せよ！　『花竜の託宣』はたとえ王家でも無視は出来ぬ。何とでもして見せる。それが西方諸家の総意！　近々王宮で行われる決定会議には必ず参加させようぞ」

僕とステラは顔を見合わせる。

魔王戦争の大英雄様がここまで言ってくれているのだ。信じて待つしかない。

「「お願いします」」

心強い言葉を受け、僕とステラは頭を下げたのだった。

「そう言えば、レティ様――『アリシア・コールフィールド』と『イオ・ロックフィールド』、そして【花天《かてん》】の件なんですが、進展はありましたか？」

会議の時間が迫り、レオ・ルブフェーラ公爵殿下に呼ばれながら、玄関まで見送りに出て来てくれた英雄様へ僕は静かに質問した。

外では、外套姿《がいとう》のアトラがはしゃぎ、そんな幼女をステラが優しく見守っている。

レティ様は声を低くされた。

「……本物のアリシアの生家であった旧コールハート伯爵家の調査は進んでおる」

どうやら、腹に据えかねておられるようだ。

『流星』の副官『三日月』を名乗り、レティ様が『偽者《にせもの》』と断じられた吸血姫と、竜人族の姓を名に持つ半妖精族の魔法士にして、聖霊教使徒次席『黒花《こっか》』。

そして――幼いローザ・ハワード様を連れて旅をしていたらしい【花天】。

当面、問題は片付きそうにない。

僕はレティ様へ会釈《えしゃく》して、ステラ達の方へ歩き出し——立ち止まった。

「もう一点だけ。『十日熱病』の件です」

肩越しにレティ様と視線を合わせ、水都以来考えていたことを問う。

「増幅魔法は半妖精族特有の魔法ですが……呪術も対象になるのでしょうか？　また、大規模な増幅魔法を他種族が用いることは可能でしょうか？」

一般的な呪術の目標は単独で、幾ら強力でも範囲は限定的だ。

けれど、今から十一年前に王都を襲った『十日熱病』は都市全体を覆った。

エルフの美女が眉を微かに動かす。

アトラとステラの歌声が聞こえる中、返答してくれる。

「理論上は可能だ。魔王戦争の際に体験した。ただ……『代償』が必須となろう」

「具体的には？」

エルフ族の大英雄様は背を向け、端的に返答。

「——術者の命かそれに値するモノ」

僕の中で、欠片《かけら》と欠片が重なっていく。

かつての王都で猖獗《しょうけつ》を極めたとされる謎の奇病を、広めた仕組みが存在している。

「アレン様」「♪」

黙考する僕をステラとアトラが呼びに戻って来た。

レティ様が、左手で温度調節魔法を発動されながら称賛される。

「水都で会った際も思うたが……ステラは強き眼《め》を持つようになったの」

「……そうですね」

確かにステラは、最初に会った時と比べて本当に成長したと思う。

もう、僕のとっておきの場所に連れて行く必要はないかもな。

僕達の会話が聞こえていたらしく、薄蒼髪《うすあおがみ》の公女殿下は微笑《ほほえ》んだ。

「私には世界で一番頼りになる魔法使いさんがいますから」

「……過剰な評価」「じゃありません」「♪」

窘《たしな》めようとすると、力強く否定されてしまい、僕は頰を掻《か》いた。

アトラを抱き上げると、レティ様が不敵に笑われる。

「ふっ……良き答えぞ、ステラ。どうだ？　我が家の者を婿に取らぬか？」

「その方々はアレン様に勝っておられるのですか？」「⁉」

間髪を容《い》れない返答に僕の方が慌ててしまい、レティ様は呵々大笑《かかたいしょう》。

「はっはっはっ！　一本取られたわっ‼　確かに新しき『流星』に勝る英傑など西方諸家にもまずおるまいて。この後は教授に呼ばれ大学校だったな？　近日中に会おうぞ」

重厚な玄関が閉まり、英雄様の姿は見えなくなった。

僕はお澄まし顔の公女殿下へ目線を向ける。

「……ステラ」

「ごめんなさい。でも、後悔はしていません。……リリーさんがそういう風に言われているの、ずっと、ずっと羨ましかったですし」

左腕に頭を押し付け、少女は小さく呟《つぶや》いた。

僕は右手でアトラと手を繋《つな》ぎ、ステラを促す。

「ワルター様には内緒にしてください。多分、仮面を被《かぶ》ってやって来られますから」

＊

「ステラ、もう大丈夫ですよ」

白い屋根へと降り立った僕は、左手で支えていた薄蒼髪の少女に微笑みかけた。認識阻害魔法で視《み》えなくしてある、『路《みち》』として使った植物の枝も消しておく。

「ア、アレン様……こ、此処《ここ》は……？」「たかーい♪」

僕の左腕にしがみつきながらステラは辺りの建物を見渡し、背中のアトラは歓声をあげた。下手な樹木よりもずっと高いにも拘《かかわ》らず、白い屋根の建物が所狭しと乱立し、網の目のように配置されている通路では、学生達が行き交っている。

……大陸西方屈指の名門、王国大学校には見えないよなぁ。

僕は背中の幼女へ浮遊魔法を発動させながら、説明。

「大学校の中心施設——通称『竜牙《りゅうが》の塔』の頂上です。教授から『研究生達に気付かれないように！』と言われているので。もう少しだけ手を。至る所に警戒用の探知魔法が仕込まれていて、慣れないと危ないんですよ」

「は、はい……きゃっ」「おっと」

突風が吹き、手を伸ばそうとしていたステラの外套が煽《あお》られ、体勢を崩しかける。

安全防止用の魔法が十重二十重《とえはたえ》に張り巡らされているとはいえ、落ちたら大変だ。

僕は手を取り抱きかかえ、少女の顔を覗《のぞ》き込む。

「大丈夫ですか？」

「……はい。ありがとうございます」

ステラは恥ずかしそうに顔を俯《うつむ》かせた。

優しい気持ちになった僕は右手の指を鳴らして、植物魔法を静謐《せいひつ》発動。尻尾を振りながら、屋根の際《きわ》に近づいていたアトラを枝で捕獲し、引き寄せる。

「！　‼」「危ないよ。……さて」

不満を表明する幼女の白髪を手で直し、僕はステラへ片目を瞑《つぶ》った。

「行きましょうか。本校最高にして最悪と評される――教授の研究室へ。頼んでおいた『十日熱病』に関する資料が見つかったらしいんです」

『竜牙の塔』には、様々な経歴の魔法士や学者が自分の部屋を持っている。

大陸西方の最高教育機関の異名の通り、その一人一人が只者《ただもの》ではなく――学内で最も権威を持つ人達ともなると、王家及び四大公爵家からのお墨付きを得ている。

僕の恩師である『教授』もその一人だ。

次々と感知魔法や罠《わな》魔法を無効化しながら、広い廊下を進み――僕達は木製扉の前に到着した。ステラが左腕に抱き着き、アトラが跳びはねる。

「此処が……教授の」「♪」

「ええ、そうです。僕やリディヤしか研究室にいなかった頃は、今解いて来たような魔法は置かなかったんですけどね。後輩達の方針なのかもしれません」

一連の事件で、カレンやティナ達を時に助け、時に共闘してくれたテト・ティヘリナを筆頭とする子達は、感知魔法の設置に熱心だった。

在籍中はリディヤが散々暴れたし、学内の他研究室に恨まれているのかもしれない。

額を押さえたくなるも、丁寧に扉をノック。

——……反応無し。

仕方なく、扉を開けて中へ。

「凄《すご》い……」「ほんっ！　たーくさんっ‼」

ステラが感嘆の呟きを漏らし、アトラは大きな瞳を輝かせる。

四方の壁は全て本棚。そこを埋めているのは、教授が収集してきた古書に奇書。

年台物の執務机や椅子や、僕とリディヤが持ち込んだ大きなソファー。丸テーブル上には書類が雑然と山を形成し、片隅にはまだまだ珍しい氷冷庫が設置されている。

扉を風魔法で閉めて、奥にあるキッチンにも届くよう叫ぶ。

「教授ー？　いないんですかー？？」

——……またも返答無し。

無理無茶な難題を生徒へ押し付けるのが大好きで、自分は動きたがらない人だけれど、約束を完全にすっぽかすのは滅多にないんだけどな。

「ステラ──お？」「っ！　アレン様っ‼」

振り向いた瞬間──足が何かに触れた。不可視の糸だ。

公女殿下の悲鳴が耳朶《じだ》を打つ中、天井、虚空《こくう》に魔法陣が出現。数えきれない植物の枝が僕へ襲いかかってきた！

まともな攻撃魔法が使えないのに、ステラは僕の前へ回り込もうとし──

「大丈夫ですよ。ありがとうございます」

御礼《おれい》を言って魔法陣を自壊させ、魔力を逆探知。

奥にある籠の中で寝ている魔法士の首元へ、小さな氷を落としておく。

「きゃんっ！」

直後、甲高い少女の悲鳴が響き渡った。目が覚めたらしい。

公女殿下は頰を薄《う》っすらと染め、制帽を直した。

「……やっぱり凄いです」「♪」

ニコニコ顔なアトラの頭に手を置き、少しだけ未来の話をする。

「治ったら、ステラも出来るようになりますよ。一緒に覚えていきましょうね」

「……はい」

ステラは嬉《うれ》しそうに頷《うなず》き、腰の短杖《たんじょう》に触れた。

僕達がほんわかした気分を味わっていると、悲鳴の主がやや遠い本棚の上に現れた。

半妖精族が被る特徴的な花帽子。そこから覗いているのは白と黒の交じり髪。

纏《まと》っているのは、僕とよく似た魔法士のローブで、背丈はアトラよりは若干高い程度。

背中には薄い羽が見えている。

帽子のつばに手を触れ、本棚へと降り立った少女が叫ぶ。

「……か、か弱き乙女に何たる仕打ちっ！　だ、誰じゃっ⁉　名を名乗れっ！　此処は教授の研究室――変なことすれば、悪鬼の如《ごと》き『剣姫』がやって来るのだぞっ‼　そうなれば…………大学校は終わるっ！！！！」

僕は思わず瞑目《めいもく》する。……もう少しだけ、リディヤの暴虐を止めるべきだった。

気を取り直して左手を挙げ、後輩の名前を呼ぶ。

「やぁ、スセ、相変わらずだね」

「！？！！」

その瞬間、半妖精族の少女の身体《からだ》は分《わ》かり易《やす》い位に揺れ、転げ落ちるように飛翔《ひしょう》し、僕の前へやって来て空中であたふた。

「あ、主ぃ⁉　ち、違うのじゃ。こ、これは……そ、そうっ！　ちょっとだけ休憩していただけで……。け、決して、尋常ではない暗号解読を要求してくるテト先輩に反抗しているわけではないことを、我は主張するっ！　き、教授の預かり物もあったしのっ‼」

僕とリディヤが大学校を卒業した後、研究室を取り仕切っているのは一期下の世代。

東都出身のギル・オルグレン。

西方出身のテト・ティヘリナとイェン・チェッカー。

もう一人は、基本的に教授の管轄下なのだけれど……纏め役に収まったのはあの魔女っ子だった。僕の前では良い《い》後輩なのだけれど、スセは畏怖を覚えているらしい。

花付帽子の位置を直してあげながら、やんわりと注意しておく。

「程々にしておこうね？　サボっていたらすぐバレると思うよ？　相手はテトだし」

「ウググ～……」

後輩は空中で呻《うめ》き、頭を抱えてクルクルと回転した。アトラが目を輝かせている。

対して、公女殿下は戸惑っているので軽く頭を下げ、紹介する。

「スセ、此方《こちら》はステラ・ハワード公女殿下。こっちの子は僕が世話をしているアトラだよ。ステラ、僕の後輩のスセ・グレンビシーです。僕を『主』と呼んで困っています」

「⁉　ハワード……じゃと？」「グレンビシー……ではチセ様の？」

二人の動きが同時に停止した。ちょっとだけ面白い。

アトラへ浮遊魔法をかけ、僕は教授の執務机に向かって歩き出す。

すると、スセがやや後方で飛びながら腕組みをし、感想を告げてきた。その後方では、白髪幼女が目を爛々《らんらん》と輝かせながら、抱き着かんとしている。

「……主、話には聞いていたが、南北の公女殿下に手を出すのは、如何《いかが》なものなのじゃ？　否！　ギル先輩まで含めれば三公爵家となる。どんなに頑張っても、『天性の年下殺し』の異名、否定出来ぬのではないか？　しかも、年端《としは》のゆかぬ幼女まで。このこと、皆に伝えたらどうなるのかのぉ？　それが嫌じゃったら、もう少し研究室へ遊びに」

「えーっと、教授に頼んでおいた物は……」

これは……違うな。後輩達の進路志望書だ。

ようやく丸められていたお目当ての品を発見し、僕は手に取った。

『十日熱病』の資料は不自然な程に乏しい。

けど大学校ならばもしや、と教授に掛け合い、後輩達を総動員してもらって探してもらったのだ。ステラが脇から顔を出し「古い王都の地図、ですか？」と聞いてきた。

答える前に、スセが空中を飛び回って拗《す》ねる。

「あるじぃぃ……構ってくれても良いではないかぁ。テト先輩に虐《しいた》げられる後輩に愛の手を～。イェン先輩は未来の奥さんの尻に敷かれ、ギル先輩は東部国境から帰って来ぬ……

ゾイ先輩は……まぁ、ああいう御人で、きゃんっ！」

後方から後輩のお腹《なか》にアトラが飛びつき、幼女二人がその場でグルグルと回転する。

「ぬわぁぁぁ」「〜〜〜♪」

そして、そのまま近くのソファーへと墜落。

アトラは余程楽しかったらしく、スセに抱き着いたまま尻尾を大きく振っている。

「う〜……な、なんなのだぁ——……こ、この魔力は⁉」

困惑しつつ引きはがそうとしない僕の後輩は優しい。アトラの正体にも気が付いたか。

僕はステラに椅子に座るよう促し、執務机の上に古い地図を広げていく。

——そこには王都全域が描かれている。

そこかしこに『△』『×』といった、記号が振られているが、文字が書かれていただろう箇所と表題は執拗《しつよう》に削り取られてしまっている。

本来ならば意味はもう分からない。……けれど。

僕はすっかりアトラに懐《なつ》かれた後輩へ何でもないかのように話しかけた。

「スセ、まだ調べている途中なんだけど、質問していいかな？」

「うぬ〜？　ええぃっ！　おぬしはこれで我慢しておけっ‼」

柔らかい猫クッションを白髪幼女へ押し付け——スセが居ずまいを正した。

真剣な眼差《まなざ》しの後輩へ問う。

「仮にだよ？　君がある魔法を、王都全体もしくは、半分程度まで包み込むよう増幅させるとしたら、どれくらいの魔力が必要になるかな？」

「――威力にもよろうな」

慎重にスセは回答してきた。ステラがアトラを抱き上げ、ソファーへ座る。

「半妖精族の増幅魔法は便利ではあるが、万能ではない。魔法本体を発動させる者の力量にも大きく左右されようよ。……そのようなこと、何故《なぜ》今更聞くのじゃ？」

「訳アリだね。もう一つ。増幅魔法を代替する物はあるかい？　例えば――」

古地図に目を落とし、『×』――かつて、『十日熱病』に罹《かか》り、その後亡《な》くなった方が住んでいたり、倒れたりした場所を指で触れていく。

一見するとそこに規則性はなく、中心点もないように思える。

「魔法陣とか」

地区毎《ごと》ではまず分からない。

けれど、このように俯瞰《ふかん》してみれば朧気《おぼろげ》に見えて来るのだ。

死亡者の集中する地を結ぶと、所々で歪《ゆが》んだ三日月形の『弧』が形成されている。

十一年前の王都で、『十日熱病』と呼ばれる呪術を発動させた人物は、この陣によって威力を増加させたのだろう。

スセが険しい顔を見せた。

「……古臭い陣じゃの。だが、増幅魔法の持続時間は短い。余程の魔力が必要となるぞ？　そうでなければ、半妖精族が西方の片田舎に逼塞《ひっそく》しておるはずなかろうが？」

魔法士として見るならば、半妖精族は間違いなく大陸最強だ。

魔力は強大。人族には使えぬ秘呪を持ち、寿命も長い。

けれど、その勢力が王国西方の一部なのには理由もある、か。

船を漕《こ》ぎ始めたアトラへ、慈愛の目線を落としているステラを眺める。

……確かに聖女、だな。

地図を丸めて筒に仕舞い、メモ紙に教授への伝言を記していく。

「最後にもう一つ」

「何じゃ？　主の質問なら、特別に幾つでも答え――」

「伝手《つて》が出来たんだけど、チセ様に会いたいかい？」

ペンを走らせながら投げかけると、スセの動きが止まった。

顔を上げると後輩の少女は空中へ浮かび上がり、顔面を蒼白《そうはく》にしていた。

「い、嫌じゃっ！　そ、それだけは……それだけは聞けぬのじゃぁぁぁ！！！」

そして、べそをかきつつ研究室の奥へ逃走。結界を張り巡らせると、引き籠った。

ステラが困惑した表情を浮かべ、僕を見た。

「アレン様、えっと……」

「スセは、グレンビシーを家出している身なんです。ボタンの掛け違いなんだと思いますが……チセ様には、内々にお伝えはしています」

教授の研究室には、スセだけでなく、才能はあっても問題を抱えた子達が多い。

テト達の世代と、その後のスセ達……出会ったのも縁だ。出来る限りのことはしたい。

「――……アレン様はやっぱり」

「？　ステラ」

満ち足りた表情の公女殿下へ話しかける前に、入り口の扉が開く。

入って来たのは魔女帽子を被《かぶ》り、髪を三つ編みにし、手に紙を持った魔法士のローブ姿の小柄な少女。左肩には黒猫姿の使い魔であるアンコさんが乗っている。

少女は僕達に気付かず、顰《しか》め面《つら》で紙へ視線を落とし零《こぼ》す。

「解けない……アレン先輩からの頼まれ事なのに……。この最後の走り書きは何なの？

複数の単語……？　こんな時に限って、教授は地下大墳墓の件で相談出来ない――」

そこで少女は僕達に気付いた。手から紙が零れ落ちる。

僕は紙――幼いローザ様が遺《のこ》されたメモの写しを拾い、後輩へにこやかに挨拶。

「やぁ、テト。南都で解読や調査を頼んで以来だね。イェンは一緒じゃないのかな？」

「～～～～っ⁉」

僕の言葉を聞き、少女――テト・ティヘリナは大きな瞳を見開き、魔力で長い髪を浮かび上がらせ、頭を抱えてしゃがみ込んだ。アトラが不思議そうな顔をする。

「アレン様……あの」「大丈夫ですよ。すぐに復活しますから」

心配そうなステラに声をかけ、僕は紙に目を落とした。最終行の走り書きは確かに単語の羅列のようだ。解読された物よりも更に強硬な暗号式が組まれている。

一語は『樹守《きもり》』に似ているな……僕が考えていると、テトはゆっくりと立ち上がった。

そして、荒く深呼吸を繰り返した後、指を突き付けてくる。

「……これは教授の罠《わな》ですね？　先輩が来られるなんて、一言も聞いていませんっ‼」

ようやく元気が出てきたようだ。

僕は嬉《うれ》しくなり、執務机に腰かけて足を組んだ。

「いや、案外と単純に忘れていただけかもしれないよ？　スセは知っていたし。教授と学校長は殺人的に多忙みたいなんだ。そうですよね、ステラ？」

「はい。王立学校再開以降は殆《ほとん》ど来られていません。……私も来期の生徒会の件でご相談したいことがあるのですが」

生徒会長が内実を補足してくれる。

左肩にアンコさんの重みを感じつつ、僕は続けた。

「貴族派の力を大きく削《そ》げたとはいえ、依然として、クロム、ガードナーを首魁《しゅかい》とする保守派は健在。第一王子は身を引かれ、元第二王子は行方不明。北のユースティン、南の侯国連合との戦いは止まっても、東には聖霊騎士団。西には魔族達がいる。何より、不気味な聖霊教の自称『聖女』と使徒達が各国で暗躍中。御二人が疲弊していても無理はない——と、思うんですが、実際はどうなんですかね？　アンコさん？」

研究室の最高権力者にして、畏敬の念を持たれている黒猫姿の使い魔さんが一鳴き。

——……なるほど。

「やっぱり多忙の極みなんだってさ。今も王宮で偉い人達と会議中みたいだ。ローザ様のメモの解読は急がなくていい。けど確実に。単語の一つは『樹守』と関係性があるのかもしれない。ニコロもまだ南都でテトしか頼れないんだ」

「母の件、どうかよろしくお願いします」

ステラも頭を深く下げた。

亡き母親の過去と向き合う覚悟を固めている……本当に強くなった。

魔女帽子のつばを下げ、自称『一般人』の後輩は不承不承と言った様子で頷《うなず》いた。

「……そんな風に言われたら頑張るしかないじゃないですか。任せてください。何とかしてみせます。スセ！　頼んでおいた暗号式の解析は――ちっ！」

テトの脇を幾つかの影が通り抜けていく。

過半以上は、咄嗟《とっさ》に魔女っ子後輩が展開した呪符によって阻《はば》まれるも……残念！　全部外れのようだ。

本物は――僕が天窓を見上げると、全員が一斉に続いた。

そこにいたのは引き籠った筈《はず》の半妖精族の少女。高笑いが降り注ぐ。

「ふっはっはっはっ！　我に隙を見せたのが運の尽きっ！　さらばなのじゃっ！　あ、テト先輩、大学校卒業した後の進路『小さな魔道具屋さん』は止めておいた方が……一週間持たぬのではないか？　イェン先輩が思いつめておったぞ？？」

スセも教授の執務机上に置かれていた書類を読んでしまったらしい。

……ただ、この件に関してはスセが正しい。人の好《よ》過ぎるテトに商才は皆無だ。

魔女っ子が愕然《がくぜん》としながら叫ぶ。

「なっ⁉　な、何で知って……待ちなさいっ！　スセ・グレンビシー！！！！」

「あるじ～♪　今度、大戦《おおいくさ》ある時は招集待っておるからの～☆」

そう言うと、後輩幼女は天窓を開き、逃走していった。冷風が研究室内に吹き込む。

テトは眦《まなじり》を吊《つ》り上《あ》げ、わなわなと身体《からだ》を震わせ——呪符の束を取り出した。

「アレン先輩、今日は失礼しますっ！　また後日にっ‼」

そう叫ぶと扉を開け、逃走者を追撃していった。

……研究室の変わらぬ日常、か。

僕は机から降り、ソファーへ近づくと眠っているアトラを抱きかかえた。

「ステラ、うちの研究室は何時《いつ》もこんな感じです。大学校進学には大賛成ですし、カレンとも一緒に通ってほしいと願っています。ですが、選択は熟考して——」

「此処《ここ》にします」

「いやでも」「もう決めました」

キラキラと白光が舞う。そこに闇は感じない。

ステラは僕へ近寄り、眠っているアトラの頬に自分の手をつけ、美しく微笑《ほほえ》んだ。

「此処がいいんです。此処だから——いいんです」

「……そうですか。なら、仕方ないですね」

「はい♪」

僕とステラが笑いあった——正にその時。入り口の扉が丁寧にノックされた。

他の後輩達だろうか？　でも、他の子達は教授に駆り出されている筈……。

少女と顔を見合わせ、応じる。

「開いています、どうぞ」

「失礼致します。……嗚呼《ああ》、お探ししました。教授の御言葉通りですね」

「ノア様？？　どうして此処に？」

部屋に入って来たのは、王族護衛官の礼服を身に纏《まと》った淡く長い翡翠《ひすい》髪をもつエルフ族の美女だった。弓を背負い、腰には細剣を提げている。

ノア様が深々と頭を下げてくる。

「アレン様、急ぎ王宮最奥《さいおう》の内庭へお越しください！　シェリル・ウェインライト王女殿下、リディヤ・リンスター公女殿下が一騎打ちを……私達では止めようがないのです」

＊

「ア、アレン先生、ス、ステラ御嬢様《おじょうさま》！　こっちです～」


王宮最奥手前の石廊。

ノア様に先導され、秘密の地下通路を通りやって来た僕達に気付いたのは、制服姿のエリーだった。授業中なのでティナとリィネ、そしてカレンの姿はない。

エリーへ王宮で『花竜の託宣』を伝える役割を担《にな》ったのは、ワルター・ハワード公爵殿下に付き従い、王都へやって来られたお祖父《じい》さんのグラハムさんだったらしい。異例ではあるものの、『深淵《しんえん》』の異名は王国西方にも轟《とどろ》いている。孫娘へ積もる話もあったのだろう。

激突の余波から王宮を守る為《ため》か、内庭の手前ではエルフ族の女性護衛官さん達が待機してくれていた。王立学校時代にもあの二人の喧嘩《けんか》で幾つの建物が壊れたことか……。

近づいていくと、エリーが不安そうに僕とステラの袖を摘まんだ。前方から聞こえて来る激しい戦闘音を聞きながら、背中のアトラをステラへ託して質問する。

「エリー、グラハムさんから、話は聞きましたか？」

「はいっ。よく分からなかったんですけど、御二人は私がお守りしましゅ！　あぅ……」

恥ずかしがる年下メイドを見て、護衛官さん達の顔が綻ぶ。

……僕も封印書庫へ入れれば良いのだけれど。本当は王宮に入るのもまずいのだ。

「アレン様」

ステラが小さく僕の名前を呟《つぶや》き、頷いてくれた。『大丈夫です』か。

白髪の獣耳幼女を抱きかかえる心優しい聖女様——絵になるな。

目で謝意を示していると、翡翠髪の先を白の花飾りで結んだエルフの美女——ノアさんの双子の妹さんである、エフィ様がやって来られて僕へ深々と頭を下げた。

「……アレン様、お久しぶりでございます。御迷惑をおかけし申し訳ありません」

「気にしないでください。慣れっこです。でも——」

視線の先に、大楯《おおたて》を用いて内庭手前で警戒線を張る近衛《このえ》騎士達が見えたので叫ぶ。

「リチャード！」

シェリルの使い魔、白狼《はくろう》のシフォンを撫《な》でている赤髪の騎士が振り向き、手を挙げた。

「アレン！　こっちだよ。急いでおくれ‼」

僕はステラとエリーへ目配せし、護衛隊と一緒にいるよう指示。

すると、ほんの微《かす》かに……薄蒼髪《うすあおがみ》の公女殿下が黒い魔力を発したように思えたものの、すぐに霧散した。気のせい、だよな？

疑問を打ち消しながら石廊を進み、近衛副長を揶揄《やゆ》する。

「貴方《あなた》がいるのなら、僕は不要では？」

「ハハハ……冗談を聞いていられる状況じゃないなぁ」

顔を強張《こわば》らせながら、問いかけに応えず、赤髪公子殿下は僕へ手で合図をした。

見れば近くの内壁の上では、白服のリアが足をブラブラさせている。

——そこは正しく激戦場だった。


「シェリルっ！！！！」「リディヤっ！！！！」


長く美しい紅髪《あかがみ》の公女殿下と光り輝く金髪の王女殿下が、内庭の真ん中で上段蹴りを同時に放つと、とんでもない魔力の余波で周囲に辛《かろ》うじて残っていた石柱がへし折れ、石畳の通路に亀裂。ようやく復旧された四方の内壁が悲鳴をあげている。地面はボコボコだ。

二人共会談をこなした後だったようで、紅と白のドレス姿。

武器を抜いてないのを褒めるべきか、否か……。

リディヤの身体が、ふっ、と宙に浮き、

「せいっ！」「そんなバレバレの攻撃なんてっ！」

回転し容赦なく踵《かかと》を振り下ろすも、シェリルは後方へ跳んで躱《かわ》し、両手を振った。

無数の光弾がリディヤを包囲するように布陣。

速度や威力を変えるだけでなく、幾つかが結合し『剣』『槍《やり》』『斧《おの》』に変貌しながら、紅髪の公女殿下へ襲い掛かる。

四肢に魔力を纏わせ薙《な》ぎ払《はら》い、リディヤが犬歯を見せて悪態を吐く。

「ちまちまと鬱陶しいっ！　これだから腹黒王女はっ‼」

折れた石柱を垂直に駆け上がる親友に対し、シェリルは金髪を払い、わざとらしく煽《あお》る。

「あら？　貴女《あなた》も知っているでしょう？　私の魔法戦術の基礎を作ってくれたのは、アレンよ？？　水色屋根のカフェで、毎日二人で考えて——あっ！　ごめんなさい。彼がいないと夜も眠れない泣き虫公女様は羨ましかったのよね？　自分には真似《まね》できないから★」

——瞬間、空間の気温が急上昇した。

無数の炎羽《えんば》が舞い、光弾すらも炎上させていく。

赤髪公子殿下は僕の肩に手を置いた。

「総員退避！　アレン、後はよろしく」

近衛騎士達と一斉に退いて行く。東都では一緒に戦ったのに。

残ってくれたシフォンが円《つぶ》らな瞳で僕を見つめる。健気《けなげ》な子だ……。

内庭全体を覆うように炎羽が舞った。

リディヤが右手で空間を薙ぎ、魔力で構築した炎の剣を顕現させる。

「シェリル――……今日という今日は泣いても許さない。ぴーぴー泣いて謝る情けない映像をっ！　あいつの下宿先で観《み》てあげる。あ、そう言えば……腹黒王女様は泊まったことがあったかしらぁ？」

――信じ難《がた》いことに、空間が音を立てて軋《きし》んだ。

長く美しい金髪を憤怒《ふんぬ》で逆立てながら、王女殿下の両手に光が集束していく。

綺麗《きれい》に微笑んでいるものの、瞳は一切笑っていない。

「リディヤ――……口に出しちゃいけないことが世の中にはあるって、今までの人生で習わなかったの？　泣くのは貴女の方よっ！」

同時に大地を蹴り、二人の御姫様は一瞬で間合いを詰め、炎剣《えんけん》と光の正拳が再激突。

「**寝言は寝て言いなさいっ！**」「**その言葉――そっくり返してあげるっ！**」

炎羽と光片がぶつかり合い、周囲の構造物を炎上させ、切り刻み、破壊を拡大していく。

「リディヤとはらぐろ王女、ちょっとつよーい♪」

「……こーら。そんなこと言っちゃ、めっ、だよ？」

きゃっきゃっと笑いながら、内壁から降りて来たリアを受け止め、窘《たしな》める。

すると、「あ、駄目よ！」ステラの声と共に、アトラが駆け寄って来てシフォンに抱き着いた。それを見たリアも降りて「ぎゅー」。此処《こっち》はほのぼのしているんだけどなぁ。

「まったく、あの二人は…………ノア様、エフィ様！　喧嘩の理由、お聞きしても？」

後方で結界を準備されている双子の美人姉妹さんへ質問すると、困り顔になった。

「本日は某大使と会談がございまして、その後は仲良くお喋《しゃべ》りをされていました」

「ですが、途中から口論に。私達も詳しい内容までは」

「……なるほど」

人に対して向ける威力じゃない攻撃を叩《たた》きつけ合う、同期生達を見やる。

「くっ！　こ、この乱暴王女っ‼」「何でも斬る公女殿下に言われたくないわねっ！」

リディヤの恐るべき剣技に対し、シェリルは敢《あ》えて超接近戦を挑み、次々と炎剣を殴打《おうだ》と蹴りで砕き、距離をとることを許さない。

『光姫』シェリル・ウェインライト王女殿下は、『剣姫』リディヤ・リンスターと接近戦で五分に渡り合える、とんでもない魔法士なのだ。

……あの空間に行けと？

過酷な現実を直視できず、足下を見ると、

「もふもふ～♪」「ふ～♪」

お腹《なか》を見せて寝転がったシフォンのお腹にアトラとリアが埋まり、何時《いつ》の間《ま》にかアンコさんまでもが丸くなっている。今すぐ映像宝珠が欲しい。

幾重にも重ねられた大楯の向こう側から、リチャードが苦笑する。

「……アレン、現実逃避している場合じゃないと思う。王都の為、王宮の為、『俺も交ぜろっ！』と突撃してきかないうちの団長を止める立場の僕の為に、何とかしてほしい」

「……貸しですよ？」

いっそ清々《すがすが》しい態度の近衛副長に苦笑し、僕は教え子達を呼んだ。

「ステラ、エリー、手を貸してください」

「──はい」「は、はひっ。……で、でも、私の魔法じゃ」

嬉《うれ》しそうな公女殿下に対して、年下メイドさんはやや不安そうだ。

僕は前へと進みでる。

「大丈夫ですよ。じゃれ合っているだけですから。王立学校時代はよくありました」

──場の空気が凍り付いた。

ステラが真顔になり、エリーは混乱。

「じゃれ合ってるですか……？」「……え、えと」

「アレン、この光景を見て、そんな感想を言うのは君と母上、それと御祖母様くらい——いや、アンナや叔母上も言うかもしれないけどさぁ……」

大楯の中から、赤髪の近衛副長が疲れた声を発した。僕は小首を傾《かし》げる。

「リチャードが止めてくれても良いんですよ？」

「……止《や》めておくよ。これでも可愛《かわい》い婚約者がいる身なんだ。命は惜しい」

そう言うと、次期リンスター公爵殿下は引っ込んでいった。サーシャ・サイクス伯爵令嬢との仲は順調らしい。

僕は意識を切り替える。

「ステラ、エリー、作戦を説明します」

「「はい！」」

駆け寄ってきた二人へ手順を告げる。風に薄蒼髪とブロンド髪が靡《なび》く。

「——以上です。後は僕が」

「全力を尽くします」「り、了解です」

石が砕ける轟音《ごうおん》と、大気が切断される甲高い音を聞きつつ、手足を動かし準備運動をしていると、ステラが真っすぐなお願いを口にした。

「アレン様、手を握っていただけますか？　魔力は繋《つな》いでくださらなくても良いので」

「分かりました」

断る理由もないので、少女の手を握る。やや速い脈が聴こえる。

「……ありがとうございます」

はにかんだステラは、短杖《たんじょう》を手にすると光属性魔法を準備し始めた。

余り見ない姉の積極的な行動を見て、年下メイドも僕の裾を摘まむ。

「ア、アレン先生……あ、あの…………」「エリーも繋ぎますか？」

「！　は、はい♪」

手を取ると、天使様の顔は途端に明るくなり、魔法を超高速で展開し始めた。

その間、リディヤとシェリルは距離を取り、巨大な炎剣と光剣を頭上に掲げていた。

決着をつけるつもりなのだ。

天が軋み、大地が鳴動する中、僕は機を窺《うかが》い、

「ステラ！」「はいっ！」

『剣姫』と『光姫』が突撃を開始する半瞬前に指示を飛ばした。

内庭全体を覆うように大閃光《だいせんこう》が走る。

「「っ⁉」」

二人の動きが鈍くなり動揺。

初歩的な光属性魔法とはいえ、今のステラが扱えば、極めて有効な目眩《めくら》ましとなる。

自分自身と他のみんなの目は、光を遮断する魔法で防ぎつつ、

「エリー」「はいっ！」

年下メイドさんの名前を僕は叫んだ。

地面が揺れ――花の香りが周囲一帯を包み込んでいく。

光が収まると、内庭には初冬だというのに色とりどりの花が咲き誇っていた。

「これは……」「植物魔法……？」

リディヤとシェリルが唖然《あぜん》とし、立ち止まる。

僕はステラとエリーの手を離し、両手を握り締めた。

巨大な炎剣と光剣が、キラキラと自壊していき――手を叩く。

「紅茶を飲む『剣姫』様と『光姫』様は挙手をお願いしまーす。それとも、続けて冬のお花畑を滅茶苦茶《めちゃくちゃ》にするのかな？」

ようやく、僕に気付いたリディヤとシェリルは怯《ひる》んだ顔になり、腕組みをすると、同時にそっぽを向いた。

「「………ふんっ！」」

困った公女殿下と王女殿下だ。普段なら気付くだろうに……頭に血が上っていたようだ。

リディヤなんて『誓約』すら結んでいるのだし。

僕は手伝ってくれた二人へ御礼《おれい》を述べる。

「ステラ、エリー、有難《ありがと》うございました」

「いえ――御役に立てて嬉しいです」「これから、もっともっと頑張りますっ！」

聖女と天使は笑みを零《こぼ》し、返してくれる。本当に良い子達だ。

後方では「内庭の修復作業を急いでくれ」「テーブルと椅子。紅茶の準備を」「シフォン様達の記録、急いで！」リチャードやノア様達の指示が飛んでいる。

「……で、いったい何があったのさ？」

下手すると、叛乱《はんらん》軍との戦闘よりも破壊された元内庭を見渡し、僕は子供のように頰を膨らませている同期生達へ質問した。

音もなく僕の背中へ回り込んだリディヤが、裾を握り締めながら訴えてくる。

「……この腹黒王女が幾ら言っても休みを取ってくれないのよ。この子が休まないとみんなも休めないのに。さっ、私の味方をしてっ！　しなきゃ駄目っ!!」

「と――リディヤ・リンスター公女殿下は仰《おつしや》っていますが？」

腕組みをしたままの王女殿下へ話を振ると、早口で反論してきた。

「……取るわよ？　ヤナ・ユースティン皇女との会談が終わったら」

「まだ何時、王都へ来るかも決まっていないのに、それまで休まないつもりなわけ？」

「っ！　……私は王位継承権が上がったばかりだし、頑張らなきゃいけない時期だし、御父様もお忙しいし………何より裏でアレンの為《ため》に動いている話もあるし」

反論を受け、王女殿下の言葉が小さくなっていく。最後は聞き取れなかった。

僕は昔から真面目な王女殿下を諭す。

「シェリル――難しく考える必要はないよ？　リディヤは単純に君のことを心配しているんだ。ほら？　昔も、試験前に頑張り過ぎて倒れたじゃないか？」

「………え？」

シェリルが腕組みを止め、キョトンとした。

まじまじと僕の背中から顔を出している親友を見つめる。

「なっ！　ち、違うわよっ！　だ、誰が、こんな腹黒王女の心配なんて……。私は休みが欲しいだけ！　あ、あんたも、へ、変なこと言うんじゃないわよっ‼」

「はいはい」

「はい、は一回！　あと『公女殿下』禁止っ‼　……もうっ」

リディヤは文句をぶつぶつと呟《つぶや》き、僕の右手首の腕輪を弄《いじ》り始めた。

左手の人差し指を立て、二人の同期生を注意する。

「とにかく！　君達がぶつかると色々な人達が心配するし、物も壊れるから程々に。シェリルはきちんと休むこと。倒れたりしたら僕が悲しい。寒くもなってきたしね」

「……下僕のくせに、なまいき」「ア、アレンがそう言うなら……」

リディヤは唇を尖《とが》らせ、シェリルは薄《う》っすら染まった頰を指で触れた。

振り向くと、エリーとステラはお茶会の準備を始めているようだ。

そして――

「いや……一番休まないといけないのは、君なんじゃ？」「同感致します♪」

リチャードと栗茶髪《くりちゃがみ》で小柄なメイドさん――リンスター公爵家メイド長のアンナさんが仮初の花畑を進んで来た。

「あら？　愚兄も偶《たま》には良《い》い事を言うのね」「……アレン、また休んでいないの？」

リディヤが我が意を得たりと僕の頰を突き、シェリルは怖い笑みを浮かべる。

僕は視線を泳がせ、起伏の少ない体軀《たいく》のメイド長さんに向き直った。

「アレン様、御見事でございました♪」

「……アンナさん、来られていたなら代わってほしかったんですが」

同期生の少女達にジリジリと距離を詰められながら、僕は泣き言を零す。

このメイド長さんなら、二人を十分制圧出来ただろうに。

「うふふ♪　い・や、でございます☆　――先程東都より連絡が届きました。ギル・オルグレン公爵代理の遣いとして従者のコノハ様、そして狐《きつね》族のスイ様と婚約者のモミジ・トレット様、明日の午後、同時刻に到着予定とのことでございます」

この情報を伝えにわざわざ来てくれたようだ。頭を下げて謝意を示す。

スイの件、うまくいくと良いのだけれど。アンナさんが指を立てた。

「もう一つ。リリーなのですが、近日中での王都着任は延期となりました」

「……御実家との関係が悪くなったんですか？」

リリーさんの姓は『リンスター』。

旧エトナ、ザナ侯国を治める副公爵家の長女なのだ。

しがらみがあるのは想像出来て……リチャードが、僕へ同情の視線を向けてきている。

……とんでもなく嫌な予感。

威嚇し合うリディヤとシェリルに目を細め、アンナさんは含みのある答えを発した。

「まぁ――……そうでございますね。あくまでも『リンスター公爵家メイド隊第三席のリリー』は、でございますが★」

「……それって、わっ！」

いきなりシェリルとリディヤに両腕を掴《つか》まれ、引っ張られた。

「ほら、中へ行きましょう♪」「……アンナ、最新情報はすぐに報《しら》せて」

金髪の王女殿下は何故《なぜ》かニコニコ。紅髪の公女殿下は御機嫌よろしからず。

栗茶髪のメイド長さんは、スカートの両裾を摘まみ、花畑の中で優雅に挨拶する。

「畏《かしこ》まりました。万事アンナにお任せください♪」

＊

「お待たせしました。ティナ達が興奮して中々寝てくれなくて――……スイ、大丈夫ですか？　顔が真っ赤ですよ？　明日はいよいよ結婚式なのに」

リンスター公爵家の一室に戻ると、寝間着姿のリチャードと甚平《じんべい》を着こんだ狐族の青年――三日前の水曜日に婚約者と王都へ出て来た、弟弟子のスイは先にワインを飲み、完全に出来上がっていた。魔力灯と窓からの月灯《つきあか》りが、独特な雰囲気を作り出している。

明日、モミジ・トレットさんと結婚式を挙げる年上の弟弟子は、手酌で硝子《ガラス》のグラスに赤ワインを注ぎ、足を組んだ。

「大丈夫だってのっ。お前は餓鬼の頃から心配性なんだよ」

「……ならいいですけど。リチャード、飲ませ過ぎないようにお願いします」

僕はスイの前の椅子に座り、心底楽しそうな赤髪副長へ釘《くぎ》を刺した。

新郎が二日酔いで寝坊──洒落《しゃれ》にもならない。

リチャードは新しいグラスを取りだし、ワインのボトルを見せてきた。

「いやぁ、ついついね。アレンも飲むだろう？　ロンドイロ侯国産の特級品だ。何処《どこ》から聞きつけてきたのか、祝いの品だけじゃなく、君宛の余剰分が届いてね」

「……いただきます」

ニケ経由かな？　あの同期生は情報の重要性を知り抜いている。

リチャードがグラスを渡してきた。

「さて、では改めて乾杯しよう」

「ええ」「……応」

その場で立ち上がり、グラスを掲げる。

赤髪公子殿下が、芝居がかった口上を唱え始めた。

「では明日、結婚という人生の墓場へ向かう戦友……アレン、それは何かな？」

「アンナさんに録音宝珠を借りてきました。スイ、結婚おめでとうございます！」

「なぁっ⁉」「……おうっ」

リチャードが絶句し、スイが少しだけ照れくさそうにグラスを呷《あお》った。

そして、誰が見ても美男子な赤髪副長に絡《から》む。

「リチャードの旦那は脇が甘ぇんだよなぁ。……いや、だからモテやがるのか？　自警団の女連中からも人気だったしなぁ。アレン！　旦那の婚約者の……」

「サーシャ・サイクス伯爵令嬢？」

「その御嬢様《おじょうさま》に伝えることを、弟弟子として許可するっ！　モテる男、死すべしっ‼」

スイが至極真っ当な意見を述べてきた。僕としても一切否定する要素はない。

頷《うなず》き合っていると、近衛《このえ》の副長様は前髪を手で払った。

「ふっ……僕とサーシャの信頼関係は、その程度で揺らぎはしないよ。第一だ！　スイ君は敵視する相手を決定的に間違っている。この場にはもっと問題児がいるじゃないか」

「……あん？　何を言って──……はっ！　確かにそうだな……」

スイが訝《いぶか》し気な顔の後、世界の真実に気付いたかのような反応を示した。

僕も予備のグラスに冷水を入れ弟弟子に差し出し、頷く。

「そうでしたね。──さ、スイ。正直に話してください。自警団の女性陣から、今まで何回告白されましたか？」

素直に受け取り一口飲んだ弟弟子は、顔を顰《しか》め、

「そんなの零に決まってるだろうがぁぁ！　リチャードの旦那、無意識に公女殿下達を誑《たぶら》かしていやがる、こいつは悪だっ！　今、ここでっ‼」

激昂《げきこう》し殴り掛かって来た。

僕とスイのグラスに浮遊魔法を発動し、椅子に触れて一回転。後方へと降り立ち鋭い正拳突きと細かい足蹴りを、ひょいひょいと躱《かわ》していく。

「アレン、て、てめぇっ、躱すなっ！」

「え～嫌ですよ。スイは加減が下手なので。よっと」

「ぬぉっ⁉」

正拳突きを屈《かが》んで躱し、手を取って回転させソファーへ放り投げる。

クッションに弟弟子の顔がめり込み、動かなくなった。

氷をナイフで削りながら、リチャードが呆《あき》れ口調で感想を口にする。

「……容赦がないねぇ」

「体術を教えてくれた師匠の教えなんですよ。『油断は戦場において死を招くっ！』。僕も昔はよく投げられました」

とても懐《なつ》かしく、そして温かい記憶だ。

……そっか、師匠のしごきで毎日のように泣いていた、あのスイが結婚するのか。

椅子に腰かけ、息を吐く。

「でも、本当に良かったですよ。南都から『結婚式を開きたいんだ』という手紙を受け取った時は正直間に合わないいんじゃないかと……」

スイはオルグレンの叛乱《はんらん》が起きなければ、東都で結婚式を開く予定だった。

そして、僕はモミジさんとこう約束していた。

『必ず結婚式に出席し、新婚旅行で王都へ招待する』

が……一連の事件で東都と王都は傷つき、スイ達の結婚も順延を余儀なくされた。

ただ、原因はもう一つあって——弟弟子が復活し、上半身を起こす。

「事件の後、モミジが東都で式を開くのを嫌がったからな。あいつは自分の生い立ちを——南方島嶼《とうしょ》諸国出身で、聖霊騎士団の連中に奴隷として売られた、っていう過去を未《いま》だに気にしていやがる。コノハもそうだ。『私は出席出来る身では……』ってな。連れて来るのには苦労したんだぜ？　お前の書簡がなけりゃ無理だったろうな」

『コノハ』——モミジさんの実妹であり、僕の大学校の後輩、ギル・オルグレン公爵代理の従者を務めている。

自分は姉の邪魔に云々《うんぬん》と言って出席を辞退していたらしく、最終的には僕からギルへ一筆書くことで解決した。芳醇《ほうじゅん》なワインを味わう。

「御礼《おれい》は何時かギルに。料理やお酒の準備も、フェリシアに丸投げしましたし」

「…………ああ」

スイは椅子に腰かけ、顔を顰め短く答えた。

予備のグラスへ、リチャードが削った氷を入れた。カラン、と良い音を立てる。

「それにしても、会場がルブフェーラの屋敷《やしき》とはね。驚いたよ。……でも、うちじゃなかったのは少々遺恨が残るなぁ、スイ君？」

「い、いや、俺がアレンに頼んでおいたのは『身内が集まれるくらいのこぢんまりした会場』であって、公爵家の御屋敷じゃ……」

スイが困惑した様子で、事情を説明した。

赤髪副長は違う酒の瓶――北方産の蒸留酒をテーブルへ置き、僕へジト目。

「……アレン？　うちの家訓に『戦友への義理を果たさない』なんてものはないよ？」

「だから、式前に滞在する場所としてお借りしました。文句はレティ様へお願いします。

『今の時代に東都の勇士を祝うこと。これは我が家の誉《ほまれ》ともなろう』と。最初は、西方諸部族長の名代が出席される話まであったんですよ？」

淀《よど》みなく事情を説明し、酒《さけ》の肴《さかな》の炒《い》った豆を幾つか口へ放り込む。

『良いではないか。我が家ならばつまらぬ文句も出させぬ。獣人族は我等《われら》の友だからの。

ましてや、お前にとって大切な者なのだろう？　少しは格好をつけさせよ』

……レティ様には敵《かな》わない。

グラスに蒸留酒を注ぎながら、リチャードは軽く頭を下げてきた。

「ごめん。……ほら？　公爵家の人間って、何処かで螺子《ねじ》が外れているからさ」

「……いえ、いいんです」

二人して嘆息していると、今晩の主役が黙り込んでいることに気付いた。

思いつめた様子で両手を握り締め、グラスを見つめている。

「スイ？　どうかしましたか？」「スイ君？」

狐族の青年は微動だにしない。……回転させ過ぎたかな？

僕が少しだけ心配していると、スイはグラスの蒸留酒を一気に飲み干した。

そして、勢いよく立ち上がり、咆哮《ほうこう》。

「アレン！　お前——とっとと偉くなっちまえっ！」

「……はぁ」

突然の言葉にまじまじとスイを見る。いったい何だ？

僕の反応に頭を掻《か》き乱《みだ》し、部屋の中をうろうろと歩き回る。

「お前は自分が俺の……獣人族の一商人の為《ため》に何をしてくれたのか、本気で分かってんのかっ？　宿と式場を貸してくれたのは『リンスター』に『ルブフェーラ』。祝い用の酒や食い物の目録には、『ハワード』と『オルグレン』。四大公爵家だぞっ⁉　取り仕切ってくれているアレン商会だって、今や王国全土に名を轟《とどろ》かせている。……俺が義父殿にどれだけ、関係性を聞かれたと思う？」

「フェリシアが『今度、お話をしたいです♪』って言っていましたよ」

うちの番頭さんは仕事が大好きなので、今回の準備も浮き浮きしながら進めてくれた。

モミジさんの義実家であるトレット家は王国東部に強力な販路を持っているし、東都の商いを知るスイと関係性を築くのは、商会にとって良い話だと思う。

年上の弟弟子が立ち止まり、つかつか、と近寄って来て、胸倉をつかんで来た。

「話を流そうとするんじゃねぇっ！　こんなこと……普通の人間じゃ絶対に無理だっ！　水都でも、とんでもないことをしたんだろ？　東都の獣人族で知らない奴《やつ》はいねぇぞ？　ダグ爺《じい》やデグ爺《じい》、ロロの親父《おやじ》なんて、酒を呑《の》む度、お前の話をしていやがる」

「えっ⁉」

水都でしたことが伝わって？　獺《かわうそ》族からか？　水竜の降臨は多くの人に知られてしまっているけど秘匿するよう手は回した。ま、まさか……ニケが裏切って⁉

スイが詰め寄り、僕の身体《からだ》を揺らす。

「いいか？　怪物兄弟子。お前みたいな奴は偉くなれっ‼　偉くならなきゃ駄目なんだっ！！！　偶《たま》には――……年上の弟弟子の言うことを素直に聞けっ！！！！」

……困った。『偉くなる』、か。

それより、獣人族全体の社会的地位向上の方が有益だな、うん。

僕は弟弟子を宥《なだ》める。

「スイ、やっぱり飲み過ぎですよ。お開きに」

突然、封筒が押し付けられた。表には『翼』が刻印されている。

……ララノアの国章？

「師匠からだ。東方の旅人が届けてくれた。まず『アレンに渡せ』との言伝《ことづて》だ」

幼い頃の僕に体術を教えてくれた師は世界を放浪し、数年に一度手紙を送ってくる。

封筒を開け内容を確認。短文しか書かれていないが……何だって？

僕はリチャードへ風魔法で手紙を飛ばした。

瞳に深い知性を湛《たた》えながら、素早く目を走らせた赤髪副長が零《こぼ》す。

「『賢者』が使ったと伝わる未知の氷魔法を使う相手と交戦した、か。君が水都で遭遇した、という大魔法『墜星』を撃って来た魔法士かな？」

脳裏で聖霊教を操る自称『聖女』が嗤《わら》う。

身震いし、大きく頭を振る。

「……分かりません。でも、聖霊教の次の狙いは彼の国なのかもしれませんね。今は明日の結婚式の成功を――……スイ？」

ソファーに寝転んだ弟弟子は、静かな寝息を立てていた。

リチャードが丁寧に手紙を畳み、表情を崩し小声。

「(寝かせてあげよう。あ、僕もスイ君の意見には大賛成だよ。とっとと偉くなってくれないと、今度こそリディヤが亡命しかねない。いや？　ステラ嬢やリリーもかな？　ティナ嬢達は未《ま》だ猶予がありそうだけど、女の子の成長は男よりも遥《はる》かに早いし)」

……リディヤならやりかねない。ただ、ステラは勿論《もちろん》、リリーさんだってそんな無茶はしやしないだろう。あの年上メイドさんを僕は信頼している。

椅子に腰かけ僕は左手を振った。

「……リチャード、冗談がキツイです」

「事実だよ。シェリル王女殿下も君の地位向上について、裏で動いているらしいよ？」

――それこそ無理筋。

何しろ一週間前、王宮へ出向いたことですら『獣人族の姓無しが』、と内々で抗議が出たらしい。守旧派は勢力を減衰したとはいえ、未だ健在なのだ。

幾らシェリルでも、一人では何も出来ない。

僕は自分とリチャードのグラスへ蒸留酒を注いだ。

「……今晩はもう少しだけ付き合ってください」

「いいとも、悩める『流星』殿」

＊

翌朝は雲一つない晴天だった。

冬に入っているのに、気温も上がりとても過ごし易《やす》い。これなら式終了後に、屋敷の庭で料理を楽しめるだろう。

僕は、ルブフェーラ公爵家の待合場に用意された姿見に自分を映し、ネクタイを締め──瞳をキラキラさせて、様子を窺《うかが》っている少女達へ声をかけた。

「……ティナ、リィネ、敢《あ》えて……敢えて、聞きましょう。その手の物は何ですか？」

淡い蒼《あお》と紅のドレス姿に上品なケープ。頭には煌《きら》びやかな髪飾りを着けている公女殿下達は宝珠を手に、頬を上気させている。

「映像宝珠ですっ！」

「アンナに言って届けてもらいました。アトラはフェリシアさんと一緒です」

この間も、二人は礼服姿の僕を撮影中だ。……もう、着るまいと思っていたのに。

廊下から微《かす》かにメイドさん達の歓声が聞こえてくる。フェリシアとアトラの着替えが終わったのだろう。僕は頬を掻き、二人へ尋ねた。

「……理由を聞いても？」

今朝方、アンナさんが満面の笑みで礼服とリディヤのメモ『必ず着ていくこと！』を持って来た時は、不覚にも視界が暗くなった。

あいつが式を欠席する以上、僕へその手の服を着させようとする子はいない筈《はず》。

……儚《はかな》い夢だったな。

ティナが堂々と胸を張った。

「勿論っ！　結婚式の様子を記録する為です」

「……本当に？」

「本当です。北都の屋敷の植物達に誓います」

「……リィネ？」

天才公女殿下へ疑念を抱きながら、僕はもう一人の公女殿下を見た。

するとリィネは表情を変えないまま首肯。

「首席様に同意します。決して、中々着て下さらない、兄様の正装姿を記録する為の物ではありません。でも――……映り込みは仕方ないと思います」

そうだった。この子もまた『リンスター』。リサさんの娘で、リディヤの妹だった。

開け放たれている扉から、黄色の大人っぽいドレスを身に着けた狼《おおかみ》族の少女が入って来た。羽織っているケープの刺繍《ししゅう》はとても細かく、大樹が描かれている。

「兄さん、諦めてください。今日来られなかった人用に記録は必要だと思います」

「……カレン」

僕は妹へ情けない声を出し、ガクリ、と項垂《うなだ》れた。

自然な動作で近づいて来たカレンは僕の服装を確認した後、少女達へ命令。

「ティナ、リィネ、新婦さんの着替えが終わったようです。式が始まる前に撮影してきてください。気を取られて転ばないように」

「は～い♪」「了解です！」

二人の公女殿下は大袈裟《おおげさ》な動作で敬礼し、駆け出していった。今朝話したところ、こういう結婚式に参列する機会は余りなかったらしく、はしゃいでいるようだ。

……ああいう姿はまだまだ子供だなぁ。

カレンが僕の隣へ移動してくっつき、頭を左肩へ乗せてきた。

「ステラとエリーは？」

「もう少しで来ます。……あの、兄さん」

妹はもじもじとし、上目遣いで僕を見た。窓からは大きな歓声。スイの所属している東都獣人族自警団と近衛《このえ》騎士団の面々が到着したようだ。

僕はケープについていたゴミを手で取り、微笑《ほほえ》む。

「ドレス、似合っているよ」

「――……ありがとう、ございます。ステラとフェリシアが選んでくれました。ケープは母さんが東都から。に、兄さんも、カッコいい、です……」

カレンは照れ臭そうにはにかみ、嬉《うれ》しそうに獣耳と尻尾を震わせた。

視線を泳がせ、右手首の腕輪をシャツで隠す。

「……そうかなぁ」「そうです。御自身を卑下したりしないでください」

カレンが前へ回り込み、シャツの襟をいそいそと手直ししつつ、評する。

「リディヤさんに思う所は多々ありますが……兄さんの服についてだけは、認めざるを得ません。今度は、トマさんとシマさんの結婚式だと思うので、楽しみです」

僕達兄妹《きょうだい》とスイにとって姉兄同然な、小熊族のトマさんと兎《うさぎ》族のシマさんも今日の結婚式には参列している。東都の攻防戦を経てようやくお付き合いを始めたらしい。

「……お手柔らかに、ね？」

「いいえ、手加減しません」

カレンが高らかに宣言し手を離すと、丁度、長い薄蒼髪の少女もやって来た。

ティナのドレスと同じ製作者だと思われる、上品で優雅なドレスとケープ。淡い白蒼が少女の清らかさを強調している。

「ステラ、お疲れ様です」

「――アレン様」

初めて会った時よりも大人びた少女は僕の礼服を見つめ、表情を綻ばせた。その後方の扉の陰からは、ブロンド髪が覗《のぞ》いている。

ゆっくりと近づき、わざとらしくお辞儀。

「宝石よりも麗《うるわ》しきステラ・ハワード公女殿下。花のように可憐《かれん》なエリー・ウォーカー御《お》嬢様《じょうさま》はどうされたのでしょうか？」

「か、からかわないでください。……これは屋敷《やしき》の者達が」

ステラは少しだけ困った様子で、口を閉ざした。

僕は飛び始めた光球を消し、生徒会長さんを褒める。

「冗談ですよ。御綺麗《おきれい》です。本物の聖女様かと思いました」

「……アレン様は意地悪です。エリー、隠れてないで、自分で説明して」

唇を尖《とが》らせカレンの隣へと進んだステラが、廊下にいる少女を促した。

「！　は、はひっ……」

身を竦《すく》ませ、不安そうにエリーが中へ。

僕の前へやって来て、両手を祈るように組み、俯《うつむ》いた。

「…………えっと…………ア、アレン先生……」

ブロンド髪をおろして小さな花飾りをつけ、白と淡い翠《みどり》のドレス。

僕は厳かに告白する。

「――カレン、ステラ。たった今、僕は確信したよ。この世界に天使はいるんだって」

「！　……あぅ。そ、そんな……」

エリーが瞬時に頬と首筋を真っ赤にして、顔を覆う。

すると、妹は厳しく僕を注意してきた。

「……兄さん、変なことを口走らないでください」

「アレン様、今日は私達の傍《そば》を離れないでくださいね？」

ステラも、両手を合わせてニッコリ。僕は威圧感に屈し、ぎこちなく頷《うなず》いた。

「……ハイ」

女の子はすぐに強くなっていく。エリーもこうなってしまうのだろうか……。

僕が黄昏《たそが》れていると「ま、待って、アトラちゃん……」息も絶え絶えな少女の声。

次いで——可愛《かわい》らしい花のドレスに着替えた白髪幼女が駆けこんで来た。

「おかえり、アトラ」「♪」

ご機嫌な様子で尻尾は右へ左へ。

やや遅れて、髪を整え、紫のドレス姿のフェリシアもやって来る。

そして、ふらふら、と僕の近くの椅子に腰かけ、目を閉じた。

僕は未《いま》だに恥ずかしがっているエリーの頭をぽんとし、番頭さんへ一言。

「……今度、少し運動しましょう」

「ち、違うんです。普段こういうお洒落《しゃれ》な服装や靴を履いていないので……」

「南都では軍服だったものね」「メイド服も用意している、って聞いたわよ？」

「！　カ、カレン⁉　ス、ステラ⁉　て、敵に回る、きゃっ」

フェリシアが憤然と立ち上がり、転びそうになったので、受け止める。

すると——入り口の脇から、エマさん、シンディさんが顔を出し親指を立ててきた。

……わざと、一人でアトラを追わせたかっ。

腕の中で眼鏡の少女は恥ずかしそうに目を伏せ、前髪を弄《いじ》っている。

「やっぱり、少し運動しましょう」

「……はぁい」

「こほん」「アレン様、フェリシア？」「「！」」

カレンの咳払《せきばら》いとステラの冷気に、慌てて僕達は離れた。

メイドさん達も逃げていく。シンディさん、馴染《なじ》み過ぎでは……？

アトラがフェリシアの頬《ほ》っぺたを突く姿に和みつつ、懐中時計で時刻を確認。

「さ、会場へ行きましょう。新郎新婦入場の時間です」


ルブフェーラ公爵家の屋敷、その内庭に佇《たたず》む古い聖堂で執り行われた、狐《きつね》族のスイとモミジ・トレットの結婚式は、つつがなく進んで行った。

参列したのは二人の両親とモミジさんの妹のコノハさん。一部の親族。

自警団の面々と東都で一緒に戦った近衛騎士団。そして僕達。

この日の為《ため》に、かなりの数のリンスター、ルブフェーラのメイドさん達が集まったみたいで、細かい仕事をこなしてくれていた。

まさか、立会人として狐族の族長がやって来るとは思わなかったなぁ。

『では、皆様――お料理を用意しておりますので、聖堂の外へ移動をお願いします。また、未婚の女性の方々は入り口前にお集まりください』

司会進行を買って出た、兎族のシマさんが壇上から参列した面々に呼びかける。

男性陣はスイの肩や背を叩《たた》いた後、ホッとした様子で聖堂を出ていく。

さっきまで、スイとモミジさんが愛を誓いあい、唇を合わせるのを、うっとりとした表情で見ていたティナ達が、はっ、とし、瞳に炎を燃やしながら立ち上がる。

「私が勝ちますっ！」「幻想ですね」「わ、私も……」「フェリシアは止めておいた方が良《い》いんじゃないかしら？」「そうね。転びそうだし」「ス、ステラ、カレン⁉」

……僕はいない方が良さそうだ。

少女達へ「外へ出ていますね」と声をかけ、アトラを連れて入り口へ。

途中で振り返ると、聖堂奥では歓喜の余り泣き続ける黒髪の少女——コノハさんを姉のモミジさんが抱きしめていた。本当に良かった。ギルにも手紙で報《しら》せてやらないと。

外へ出ると、たくさんのワイン瓶や料理の載ったテーブルが至る所に設置されていた。

参列者はそこかしこで談笑している。

何か飲み物でも——白髪幼女が突然嬉しそうに尻尾を揺らした。

「シンディ♪」

名前を叫び、屋敷から出て来た乳白髪のメイドさんに向かって駆け出していく。

視線でアトラをお願いし、僕はグラスと冷水を調達。近くの椅子へ腰かけた。

「アレン、お疲れ様」

すぐに騎士服姿のリチャードがやって来た。

やや離れた場所に、東都で一緒に死線を潜《くぐ》ったベルトランさん達がいたので、会釈《えしゃく》していく。すると、近衛騎士達は仰々しく敬礼。僕も敬礼を返し、からかう。

「……リチャード、目が真っ赤ですよ？」

「おっと。最近、どうにも涙もろくてね」

指で涙を拭い、赤髪副長様は聖堂外へ出て来たスイとモミジさんを見て、目を細めた。

黒髪に純白のドレスが映えている新婦は花束を持っている。

「……良い式だったね」「……ええ」

東都が叛乱《はんらん》軍と聖霊騎士団の襲撃を受けた時、こんな風な幸せな光景を見られるとは思っていなかった。

聖堂入り口に、やる気十分なティナ、リィネ。悠然としているステラ。早くも脱落しかかっているフェリシア。外周に弾《はじ》かれたエリー。獣人族女性陣の姿も見える。

『新婦の投げた花束を受け取ると、幸せな結婚が出来る』

出所不明な儀式だが、今では大陸全土に広がっている慣習だ。

モミジさんが、スイとコノハさんの顔を見て小さく頷き、

『――いきます』

花束を宙高く放り投げた。

歓声の中、リチャードがあっさりと言ってくる。

「さて、僕は王宮へ戻るよ。ベルトラン達は残しておくから、何かあったら指揮を」

先程を上回る大歓声。

花束は勢い余ったのか、空中で分解してしまい、ティナ達は一本ずつ。半分程をエリーが受け取ったようだ。

興奮した様子の少女達を眺めながら、文句。

「……僕は近衛騎士じゃないんですが？」

「総指揮官殿にならば、皆も喜んで従うさ」

リチャードは僕の肩を叩き、屋敷へ歩いて行った。……二度と御免だなぁ。

視線をテーブルの上へ落とすと、陰った。日傘？

「――座っても？」

「あ、どうぞ……」

涼やかな女性の声が耳朶《じだ》を打ち、慌てて応じて顔を上げ、僕は固まった。

淡い紅の日傘を手に持ち、同系色の布帽子と清楚《せいそ》なドレスの美少女。

長い紅髪《あかがみ》をおろしている。普段と変わらないのは前髪の花飾りと左手の腕輪だけ。

落ち着く為に冷水を飲み干し、グラスを静かにテーブルへ。

副公都に滞在していて、この場に居る筈《はず》がない目の前の人物へ問う。

「――……どういうこと、ですか？」

「うふふ♪　ちょっとだけ、大事になってしまいました」

紅髪の美少女は布帽子のつばを、楚々《そそ》とした仕草で上げた。

右手を伸ばし、細い指で僕の頬を突いてくる。

「だから、アレン様に助けていただきたくて。……ダメ、ですか？」

ふざけているように見えて、本気で困ってもいるようだ。

僕は肩を竦めた。

「取り敢《あ》えず、御事情を話してみてください。リリー・リンスター公女殿下」

「皆の参集に感謝する。知っての通り……現在我が国は、ユースティン、侯国連合、ララノアとの関係を悪化させ、聖霊教の策謀に対し後手に回っている。『花竜の託宣』が降り、『十日熱病』に対する疑義も生まれた。忌憚《きたん》のない意見を聞かせてくれ。シェリル」

「はい、御父様」


王宮秘密会議室に私の父――ジャスパー・ウェインライト王の威厳ある声が響く。

私は水都でアレンから習った光魔法を発動。薄暗い空間に資料が投映される。一連の事件を乗り越え、父の白髪が増えた金髪が鈍く光った。

円卓中央には父と私。足下で寝転んでいるシフォン。

右側に座っているのは、大柄なワルター・ハワード公爵。赤髪のリアム・リンスター公爵、エルフ族のレオ・ルブフェーラ公爵。

左側に座り、資料を確認中の教授はお疲れのようだ。普段はその隣にいる学校長は王立学校地下大墳墓を調査中で不在。詳細は教えてもらっていない。

壁際《かべぎわ》のソファーに座られているレティシア・ルブフェーラ様は、大精霊『炎麟《えんりん》』のリアを膝上に乗せ、楽し気な様子で資料に目を走らせている。

室内の護衛は、剣士服を着たリディヤと近衛《このえ》騎士団団長オーウェン・オルブライト。そして、『深淵《しんえん》』グラハム・ウォーカーとリンスター公爵家メイド長のアンナ。

この四人ならば、どんな相手が襲撃してきても対応してくれるだろう。

教授が顔を上げ、皮肉交じりに零《こぼ》される。

「アレンが水都で摑《つか》んできた最も深刻な疑義——『十日熱病に聖霊教の影あり』。【記録者】として資料の有る無しを回答する立場のクロム、ガードナー両侯爵閣下は病を理由に領地へ引き籠り、王宮魔法士筆頭殿はその説得の為、現地へと赴き欠席……。陛下、内実を多少なりとも知るジョン王子殿下の出席は叶《かな》わぬのでしょうか？」

「……すぐには無理だ。『王位継承権を返上し、静かに暮らしたい』。あ奴《やつ》が守旧派に担《かつ》がれる振りをして王都の『掃除』に賛同したはその恩賞を受ける為。出ては来るまい」

現在、私の腹違いの兄ジョン・ウェインライトは王都を退き、外縁都市の屋敷《やしき》で晴耕雨読の毎日を送っている。守役の王宮魔法士筆頭ゲルハルト・ガードナーも止めなかった。

レティ様がリアの紅髪を撫《な》でながら指摘される。

「だが、現実問題として『十日熱病』の資料は乏しい。王都陥落時、聖霊教の者共は多くの古書、禁書と機密資料を強奪した、とも聞いておる。クロム、ガードナーが管理する封印書庫の調査は絶対ぞ？　『十日熱病』に聖霊教が関わっていたのなら……我等も覚悟を決めねばなるまい？　『花竜の託宣』の件もある。建国以来の権益とはいえ、相手は『竜』。ステラ、エリー、そしてアレンの三人で入るのは絶対だ」

室内に重苦しい空気が立ち込めた。

クロム、ガードナー両侯爵家率いる、一連の事件を越えて生き残った貴族守旧派は容易に協力しないだろう。獣人が封印書庫へ入った事例は未《いま》だかつてない。

アレン、貴方《あなた》って相変わらず事件の中心点にいるわねっ！

父が大きく頭を振った。

「……現段階で答えは出せぬ。両侯爵家とゲルハルトには私の方から、一週間後の会議には必ず出席するよう伝達しておく。話を進めるとしよう。ワルター」

「はっ！」

厳《いか》めしい顔に覇気を滲《にじ》ませながら、ハワード公が立ち上がられた。

映し出された王国北部の地図は色分けされ、最北の地だけは濃い蒼《あお》で染められている。

「ユースティンとの事前講和交渉は全て終了致しました。賠償金は無し。我が方には『シキ』の地が割譲されます。皇太子と繋《つな》がっていた聖霊教の使徒イーディスに関する情報共有についても合意済みです。正式調印式には、ヤナ・ユースティン皇女が来週王都へ」

父が顎鬚《あごひげ》に触れながら、微《かす》かに笑う。

「……老帝は派手にやっているようだな」

教授も応じ、評される。

「かつて、己と老モックスだけで、数十年に及ぶ帝国内乱を終わらせた人物です。使徒に操られる皇太子では相手にもならないでしょうな」

「万が一に備え弟は北に留《とど》めております。また、ララノア共和国内で奇怪な動きもあり、グラハムを除く『ウォーカー』が諜報《ちょうほう》活動中です」

各地の戦いが収まりつつあるのに、今度はララノア……？　これも、聖霊教の仕業なの？？　私が暗澹《あんたん》たる思いを抱く中、父は鷹揚《おうよう》に頷《うなず》いた。

「分かっている。北は全て任せるよ、ワルター」

ハワード公が背筋を伸ばし、頭を下げた。

リディヤの父であるリアム様が後を引き取られる。

「南方も落ち着きを取り戻しつつあります。報告した通り、講和条約も締結済みです」

地図が切り替わり、王国南部へ。

「侯国連合は我が軍との交戦に加え、聖霊教側の策謀によって中心都市の水都にも大きな被害を負いました。物的、人的損害は著しく、今後最低でも十年は対外戦争を行える状況にありません。――また」

五つの北部侯国の内、リンスターと接している、アヴァシーク平原が濃い赤に。

南西の一国が薄い赤に変化した。

「北部五侯国の内、南西部に位置するアトラス侯国が連合から離脱。我が方の従属国となっております。講和にてアヴァシーク平原の割譲も盛り込まれた為《ため》、南東部のベイゼル侯国は突出部を形成することとなりました。何《いず》れ我が国の経済圏に組み込めるでしょう」

地図を見ると、副公都とアトラスの侯都に線路が延びている。手際《てぎわ》が良《い》いわね。

ちらっと、リディヤの様子を窺《うかが》うと微かに嫉妬の表情を浮かべていた。

レティ様が、翡翠《ひすい》髪を手で払われる。

「連合は最早《もはや》問題ではなかろう。大局を見れば些事《さじ》ぞ。『神域』の件を除けばな」

「……御祖母様」

整った顔を顰《しか》め、ルブフェーラ公が大英雄を窘《たしな》められたが、父は手でそれを制する。

エルフの美女は会釈をし、不敵な笑み。

「連合の連中は、自らの都で聖霊教の馬鹿共が引き起こした一連の破滅的な事象と、それを防いだ新しき時代の英雄――そして『水竜』の降臨を見た」

私の胸が、トクン、と高鳴る。

水都で再会した青年の優しい顔が脳裏に浮かび、表情が緩んでしまう。

昔も今も、彼は私にとって大事な人なのだ。

……リディヤに比べて、私の扱いがぞんざいな気がするけど！

レティ様が楽し気に考えを披露される。

「人の口に戸は立てられぬ。お主等、竜と直接対話し、生き残った者に喧嘩《けんか》を売りたいと思うか？　彼奴等《きゃつ》から『水都の神域を譲渡したい』と、言って来ておるのはその証左。『アレン個人に』と言ってきておるのも本気ぞ？　強き神域は人を害し、最悪の場合殺す。そのような場所に出入り出来る者を、崇《あが》めるようになっても不思議ではあるまい？」

『…………』

父と三公爵が天井を見上げられた。これもまた難題だ。

そんな中、リディヤは口元を緩め、身体《からだ》を小さく揺らしている。きっと、誕生日を思い出しているのだ。何があったか教えてくれないけれど……絶対に聞き出さないとっ！

教授が悪い顔になられ、両肘を突けられる。

「報告書を読む限り、つい先日まで敵国だったアトラスの統治は非常に巧《うま》くいっている。

アレンが推挙してきた、ニケ・ニッティは切れ者なようだね。唯一生き残ったアトラスの三男坊も『信頼出来る方です』と言っていた」

　私の心中に嵐が吹く。

……ズルい。私も彼にそこまで信頼されたい。嗚呼《ああ》、リディヤを笑えないかも。

　リンスター公が怪訝《けげん》そうに教授に問われる。

「教授、今のはどういう意味だ？　まるで、アレンがレイ・アトラスと直接話したことがあるような言い草ではないか？」

　私達は王都へ帰還する際、南都を経由した。アトラス侯国には立ち寄っていない。

　大魔法士様があっさりと答えを教えて下さる。

「ん？　『七塔要塞《しちとうようさい》』で戦死したロブソン・アトラスの墓に手を合わせに行ったらしいよ。彼が本気で抜け出したら、そうそう気付けないからね」

「「……はぁ」」「ほぉ」「……アレン、どうせなら私も誘ってくれれば」

　三公爵が溜《た》め息《いき》を吐き、父は感嘆。私は思わず本音を零した。

　レティ様が大笑される。

「はっはっはっ！　豪気ではないか。うむうむ――敵手であれ、尊敬に値する相手には敬意を払う。それでこそ男よ。レオ、やはり、エフィかノアをあ奴の嫁にだな」

「……レティ様、その件は平に。義母と妻に知られれば戦になりかねませぬ」

リンスター公がやや情けない表情で嘆願した。私は脳内にメモ。

御二人は、もうそこまでアレンを。……リディヤの魔力に変化がない？

視線を向けると、紅髪《あかがみ》の公女は左手を軽く振り『集中しなさい』とあしらってきた。

……おかしい。絶対におかしいっ！

和やかな空気の中、レティ様が公爵を促される。

「我等からも報告を――レオ」

「はっ！」

背筋を伸ばされ、ルブフェーラ公が応じられた。

王国西方――血河《けつが》で二百年に亘《わた》って対峙《たいじ》する、我が軍と魔王軍の戦力が表示される。

「此度《こたび》の一件において、我等は血河より軍を動かし、その際、対岸の魔族へも情報を伝えておりました。帰還後、ティへリナの伝手《つて》を頼り、礼を伝えたところ――」

レティ様が私達を見渡された。

父と視線を合わせ、信じ難《がた》い情報を披露。

「魔王本人より返信が届いた」

『っ！？！！！』

会議室内に驚愕《きょうがく》が広がり、あの教授ですら考え込まれている。

大英雄様はリアを起きないよう寝かせ、窓へと向かわれた。

振り返り、内容を教えて下さる。

「内容は簡潔。『誓約を果たされたこと慶賀す。ついては――新しき時代の『流星』との会談を希望す』。さて、汝等《なんじ》これを如何《いかん》となす？」

『…………』

重い沈黙がのしかかる。

私個人の想《おも》いであれば……信じられないくらいの歓喜と崇敬。

アレンはもっと、もっと、もっと評価されないと！

でも――……この国の第一王女としては難しい問題だ。教授がまず口を開かれる。

「一連の事件におけるアレンの戦功は比類なきもの。守旧派の力も減衰している。それでも、今すぐ彼に公的地位を与えることは難しい。理由は――」

「本人が固辞するから、か」

ハワード公が引き取られ、天を仰がれる。

他国で『王国最凶魔法士』と畏怖される、アレンとリディヤの師は冷徹な事実を提示。

「獣人族の取《と》り纏《まと》め役は子爵位。王都であっても偏見が色濃く残る中、彼は爵位を受けやしないよ。狂竜を討った古き英雄ですら子爵どまりだった。そこをガードナーやクロムはついてくる。『前例がない』ってね。魔王との会談？　論外だ」

同意の呻《うめ》きが会議室を支配した。

『ガードナー』と『クロム』は侯爵家だけれど、建国以来特異な立ち位置にある。王家と四大公爵家であっても無理強いは出来ない。

レティ様が厳しく叱責される。

「だが、あ奴《やつ》に何も与えぬのも許されぬ。聖霊教の自称『聖女』がどれ程恐るべき相手なのか、一連の件ではっきりと分かったであろう？　王国にはアレンの力が必要だ」

――動くなら、此処《ここ》ね。

私はつい先日、警護の合間に近衛《このえ》騎士団副長から受けた提案を思い出し、

「御父様、発言しても」

「アレンの処遇はよくよく思案することとしよう。封印書庫と『神域』の件も含めてな。シェリル、御苦労だった。リディヤ、オーウェンと共に下がって良い」

父に機先を制されてしまった。

……私って間が悪いのよね。アレンと出会った時もそうだったし。

自嘲しながらも、それを噯《おくび》にも出さず席を立つ。

水都で一緒に過ごした志を共にする『同志達』の為にも慎重に動かないと。

リアを抱き上げているリディヤに気付かれるわけにはいかない。

私はドレスの裾を摘まみ、王国の柱石たる方々に挨拶した。

「――お先に失礼致します。私の大切な同期生のこと、よろしくお願い致します」

＊

重厚な扉が閉まり、シェリル王女殿下とシフォン。幼女を抱き上げた娘のリディヤ。最後にオーウェン・オルブライトが退室した。

すぐさま教授がからかってくる。

「リアム、鏡で自分の顔を見てきた方がいいよ？　大丈夫。リア嬢は君の孫じゃない」

「……教授、久方ぶりに剣技の訓練に付き合ってほしいのだが？」

「その役目は、君よりも深刻な打撃を受けているワルターへ譲るよ」

「……別に私は打撃なぞ…………ステラも、ティナも、まだそのような……」

もう一人の悪友であり、『北狼《ほくろう》』の異名を持つハワード公爵は私以上に激しく動揺し、何度も頭を振っている。……数年前の自分を見るようだ。

「旧交を温めるのは後にせよ。大人の話をせねばならぬ」

窓際《まどぎわ》に立たれているレティ様がカーテンを降ろされた。

室内が暗くなり――文章が投映される。

『ステラ：『魔力覚醒』の兆候の公算大。そうならば――約百年ぶりの有資格者』

『エリー：『植物魔法』の適性極めて高し。ウォーカーにしてウォーカーに非《あら》ず』

報告書に特記されていた『花賢』の下した評価か。アレンの義妹の分もあった筈《はず》だが、あの者には特段問題がない、ということなのだろう。

エルフ族の大英雄が問われる。

「まず――『深淵《しんえん》』よ。エリーの父は何者なのだ？　直接あの娘を指導したチセは『大樹《たいじゅ》守《まも》りの末裔《まつえい》ではないか？』と評し、『勇者』は『樹守《きもり》の末娘』と言っておった。そして、『花竜の託宣』の内容。真《まこと》に人族だったのか？」

「……詳細は分かりませぬ。我が亡《な》き親友の出自定《さだ》かならず。ただ、我が義息は間違いなく人族であります。ですが、時に不思議な力を使った、と生前の娘は申しておりました」

ワルターの後方に控える老執事長グラハム・ウォーカーが静かに答えた。

――【大樹守り】。

遥《はる》か古の時代の称号だ。何が由来になっているのかは、我が家にも伝わっていない。

レティ様が瞑目《めいもく》される。

「ルミル・ウォーカーとミリー・ウォーカーは医師であり、患者を救う中、『十日熱病』で亡くなったと聞いた。が！　アレンの齎《もたら》した報とチセの評がその前提すらも揺るがしておる。エリーが仮にそうであるならば……由々しき事態となろう。【大樹守り】は易々《やすやす》とは死なぬ」

『…………』

私達は黙り込み、腕組みをしているレオを見た。深々と首肯。

つまり――『ウォーカー夫妻は何者かによって殺害された可能性が高い』。

「――――っ」

冷静沈着を以《もっ》てなる『深淵』グラハム・ウォーカーが微《かす》かに呻いた。

……王都へ緊急招集をかけられた時点で覚悟はしていたが、一難去って、か。

次いで、子供達の前では見せぬ厳しい表情になり、レティ様が陛下を見られる。

「そして……より大きな問題はステラの方ぞ。この場にいる者は分かっていよう？」

王家と四大公爵家、そして幾つかの特別な家々には『国家機密』指定をされた情報が、代替わりの際に継承されている。

その中でも『魔力覚醒』――『白の聖女』候補となることは最高機密。

王国内で詳細を知る者はごく僅かだ。陛下が円卓の上に手を組まれた。

「……百年前と同じ事が……『白の聖女』が『天使』となり、そして『悪魔』に堕《お》ちることがあり得ると？」

「今すぐではない。『彼女』は二十歳を越えた後であったし、段階があった。現時点でステラに異変はない。以前と異なるは『花竜の託宣』が間に合ったこと。そして――」

微かに痛切を滲《にじ》ませながらも、レティ様が語られる。

「我等には新しき『流星』がおる。百年前の悲劇は繰り返させぬっ。いざとなれば、我が槍《やり》を以て、クロム、ガードナーを恫喝《どうかつ》し、託宣を成就《じょうじゅ》させてみせようっ！」

『…………』

室内を沈黙が包み込んだ。

ワルターとグラハムは特に表情を険しくしているが……微かな希望も見て取れた。

あの者ならば、狼《おおかみ》族のアレンならば！

教授が表情を緩め、提案する。

「陛下、そうは言っても、万が一に備えるのが僕等《ら》の役目。『緋天《ひてん》』殿は難しくとも、彼女達の王都召喚、進めてもよろしいですね？」

「ああ。だが理由はどうする？　リサはともかく……あの者は婚姻を結んで以降、副公都からほぼ動いておるまい？　武名の分、各所へ与える影響も大きいと思うが」

陛下は鷹揚《おうよう》に頷《うなず》かれるも困った表情をされ、私を見られた。

教授とレオ、レティ様とワルターまでもが目線を向けて来る。……許せ、リュカ。

心中で弟に謝り、私は凛《りん》と背筋を伸ばした。

「御心配はいりません。我が弟が、娘可愛《かわい》さの余り少々暴走しておるようでして……それに乗じようかと。『紅備《あかぞな》え』派遣の口実も得られましょう。吉報をお待ちください」

＊

「ん～♪　この格好、身体《からだ》に馴染《なじ》みますぅ～☆　も・ち・ろ・んっ！　メイド服が最強で無敵なんですけどっ‼　そう思いますよね？　フェリシア御嬢様《おじょうさま》？」

「……え？　きゃんっ」

アレン商会の会頭室でクルクル回っていた紅髪の年上メイドさんは、同意を求めながら、小柄な眼鏡少女に抱き着き、頬ずりした。アトラが興味深そうに眺めている。

リリーさんは一昨日のドレス姿ではなく、紅髪を黒リボンで結び、矢を重ねた模様の民族衣装に長いスカートと革ブーツ。確かに馴染んでいるとは思う。

再会した当初は――

『リンスターの御屋敷《おやしき》だと危険かもしれません。明日にでも、アレン様の下宿先でご相談したいのですが……駄目、ですか？』

と、御嬢様口調で言っていたのだ。

平日の為《ため》、参加出来ないティナ、リィネ、カレンが猛反対。

また、僕もスイ達を驚かす為に用意していた西都への新婚旅行の説明や、コノハさんに渡す東部国境で奮闘するギル用のお土産探しの為、すぐには動けず。

最終的に、エリーとステラの提案で商会の一室になったのだ。

さっきまではアトラを連れ、王都中央駅へスイ達とコノハさんの見送りに行っていて、会頭室に入った途端、リリーさんがはしゃいでいた、というわけだ。

なお、今日の話、リディヤには伝えちゃいけないらしい。

隣の部屋で仕事中のエマさんやシンディさんといった、リンスターのメイドさん達にもすぐには駄目とのこと。……怖いなぁ。

ティナ達から『くれぐれも油断しないように！』と言い含められていた、白シャツ長スカート姿の番頭さんが僕へ救援を求める。

「ア、アレンさぁん、助けて、くださぁいぃ」

「ふふ～良《い》いではないかぁ、良いではないかぁ。ふにふに～」

「うぅ～……」「ふにふに～？」

柔らかい頰《ほ》っぺたを指で突く年上メイドさんに呆《あき》れながら、僕は書類にサインを走らせ、『既決』の箱へ投げた。二人を見守っているアトラを専用の椅子へ座らせる。

「はい、そこまでです、リリーさん。うちの大事な番頭さんを困らせないでください」

「！　……だ、大事な……」

途端に、フェリシアがにへら、と表情を崩す。

動きの止まった眼鏡少女を抱きしめたまま、年上メイドさんが文句を言ってくる。

「え～！　別に困らせてなんかいないですよぉ～。親睦を深めておきたいなぁ～って、思っただけですぅ★」

「はいはい。幾らフェリシアを篭絡《ろうらく》しても、最終的にメイド服の許可を出すのはアンナさんとロミーさんでしょう？　あの二人に搦《から》め手《て》はお勧めしません」

「はうっ！」「わっ」

僕の反論を受け、リリーさんが眼鏡少女を解放。よろよろとソファーへ倒れ込んだ。

転ぶことを予期し、フェリシアには既に浮遊魔法を発動済みだ。ぷかぷかと浮かぶ少女をアトラが目で追っている。

寝転がったまま反転し、リリーさんがじたばた。

「くっ……さ、流石《さすが》はアレンさんです。私がこの二ヶ月間、実家で母とお喋《しゃべ》りをし、美味《おい》しいお茶菓子を食べ、弟や妹達と遊んでいる間に考えた計画を見破るなんてぇ～……ま、まさか、これが愛」

「で？　僕に頼み事って何です？　しかも、リディヤに知られたらまずいって」

最後まで言わせず、端的に問う。

鳥型のクッションを抱きしめた年上メイドさんは唇を尖《とが》らせる。

「アレンさんのいけず～。女の子にモテませんよぉ～？」

「……リリーさん、時に言葉は人を殺すんですよ？　今、僕の心は大きく傷つきました。言い方がリチャードに少し似ていたのも減点です。さ、話してください」

書類にサインを走らせ、僕は左手をひらひらさせた。

子供のように頬を膨らませていた年上メイドさんは、クッションを持ったまま立ち上がり、口元を隠す。南都で別れた時よりも浮かれているような？

「えへへぇ♪　——……実はですねぇ」

「まさか、冗談めかして吹聴していた『お見合いはアレン様を倒せたら云々《うんぬん》』を、副公爵殿下が本気にされて、候補者を全力で選抜した、というわけじゃないですよね？」

——室内の時が停止した。

聞こえるのは、執務机上の懐中時計の音だけ。

リリーさんは視線を彷徨《さまよ》わせ、あざとい仕草で身体を傾けた。

「…………えへへぇ♪」

即座に、未《いま》だふわふわ浮かんでいる眼鏡少女へ審議を乞う。

「フェリシア、判決をお願いします」

意識を戻した番頭さんがいきり立つ。

「御断りしてくださいっ！　わざわざ、副公爵家のゴタゴタに巻き込まれるなんて愚の骨頂っ！　時間の浪費ですっ‼　ただでさえ、たくさん御仕事を抱えられているのに、疲労で倒れたりしたら、どうする——」

「フェリシア御嬢様ぁ～★」「きゅ！」

長い紅髪《あかがみ》を靡《なび》かせ、リリーさんがフェリシアを抱きしめた。

床に落ちそうになったクッションを捕まえる間に、二人は部屋の隅に移動していた。

「な、何をするんですかっ！　エ、エマさんとシンディさんを呼びますよっ！」

すぐさま眼鏡少女が年上メイドさんへ喰《く》ってかかる。

ステラ、カレン、僕以外にもああいう態度を取れるようになったのは成長かな？

「（……このままで良いんですかぁ？）」

「――え？」

リリーさんが耳元で何事かを囁《ささや》くと、自然とフェリシアの言葉も小さくなり、聞こえなくなった。ただ、驚いているようだ。

白髪幼女が僕の袖を引っ張り「ねこー♪」とクッションを要求したので手渡す。

年上メイドさんの瞳が真剣さを帯びた。

「（――……アレン様を押し上げたくありませんか？）」「（！？！！）」

眼鏡少女は何度も瞬《また》き、動揺した様子で僕をチラチラ。……何を言ったんだろう？

リリーさんがフェリシアを抱きしめ、囁いている。

「（戦場には立てない。でも……もっと力になりたい。周りの女の子達とは違った面で――……勝ちたい。一番になりたい。そう思うことはありませんか？）」

「（…………そ、それは…………）」

クッションに埋もれたアトラを見つつ、リリーさんが持って来たニケの資料を手に取る。

ロブソン・アトラスの遺品の中から最近になって見つかった物だそうだ。

一つは古書『月神教外典《つきがみきょうげてん》』。煤《すす》けた表紙に複雑な紋章が刻印されている。

……この形、何処《どこ》かで。

小首を傾《かし》げながら、聖典に挟まっていたらしい一枚の用紙も確認する。

男性の筆跡による走り書きで暗号化等はされていない。

表題は――**『神域の人為的な顕現方法について』**。

どちらも読む価値はありそうだ。

紅髪の年上メイドさんが真剣に悩む眼鏡少女とおでこを合わせ、両手を握った。

「(うふふ～。フェリシア御嬢様ってとっても可愛らしい方ですね～♪　大丈夫です！　志は私も一緒ですからぁ。リィネ御嬢様達《たち》にも昨晩説明しておきましたぁ☆)」

「(……リリーさん)」

フェリシアの瞳が心なしか潤み、やがて二人は大きく頷き、拳をくっ付けあった。

……雲行きが大変に怪しい。

眼鏡少女を解放した年上メイドさんが、胸を張って宣言する。

「たった今、私達の間には強固な同盟が締結されましたぁ♪」

「……はぁ？」

呆《ほう》けてしまい、頼りにしている番頭さんへ目線を向けると、わざとらしい咳払《せきばら》い。

「――こっほん。アレンさん。リリーさんも大変困っているみたいですし、副公爵殿下から、一度くらい話を伺うのは良いと思います」

「なっ！　フ、フェリシア⁉」

僕は愕然《がくぜん》とし、勝ち誇った顔をしている年上メイドさんへジト目。

い、いったい、どうやって、うちの番頭さんを篭絡してっ⁉

「くっふっふっ～さぁ、どうしますかぁ？　……万が一、アレン様に見捨てられたら」

リリーさんは悪い顔で笑った後、少し不安そうに花飾りと左手の腕輪に触れた。演技には見えない。

……予想していた通り、家と仕事の板挟みにあっているのかも？

僕は両手を振った。右手の腕輪と指輪が光を反射する。

「……はぁ。分かりました。話を聞くだけですからね？」

同盟を締結したらしい、年上メイドさんと眼鏡番頭さんは顔を見合わせ、

「「やったぁ～♪」」

両手を取り合いぴょんぴょんと跳ねた。二人の髪が上下し、アトラの瞳も連動する。

ふっ、と息を吐き、リリーさんにお願いする。

「温かい紅茶が飲みたいですね。美味しく淹《い》れてくれるメイドさんはいませんか？」

＊

翌日。僕達はリンスター副公爵家の屋敷へやって来ていた。

公爵家に比べ、幾分質素ではあるものの、剛健さと煌《きら》びやかさが同居する客間。

そこにいるのは、僕と騒動の当人であるリリーさん。

事情を聴き再びティナ達から、『絶対に付いて行ってくださいっ！』と付添人指定されたフェリシア。アトラは、メイドさん達と一緒にお留守番だ。シンディさんが王都にいてくれて良かった。

歴史を感じさせる木製の椅子に座り、僕は左隣で忙《せわ》しなく前髪を弄《いじ》っている眼鏡少女を横目で見た。今日の服装は、エマさん渾身《こんしん》の薄い黒紫色の礼服だ。

冷静さを相手に印象付ける狙いがあるのだろうけど……。

「落ち着いてください、フェリシア。この紅茶、自由都市産みたいですよ？　不思議な香りがします。リリーさん、仕入れ先って知っていますか？」

「大きな商会絡《がら》みだと思いますぅ～。今度聞いておきますね！」

「よろしくお願いします」

「は〜い」

のほほんとした様子のリリーさんは長い紅髪を揺らし、元気よく応じた。

服装は普段通り。副公爵殿下への反発はかなり強いようだ。

フェリシアがおずおずと手を伸ばし、僕の袖を摘まんだ。

「うぅ……ア、アレンさぁん…………わ、私、場違いなんじゃ……」

先の南方での戦で、兵站《へいたん》を一手に担《にな》った少女とは思えない気弱な声色。

……僕もそうだけれど、自己の卑下は程々にしないとな。フェリシアへ頭を振る。

「そんなことないですよ。でも……そうですね。どうしても落ち着けないのなら、これはトレット商会との『商談』だと思いましょう」

「『商談』……ですか？」

眼鏡少女は不思議そうに小首を傾げた。

前髪に隠れがちな瞳と視線を合わせ、右手の人差し指を立てる。

「此方《こちら》の目標は、リリーさんの婿取りを止めてもらうこと。報酬は——」

早くも自分の分の焼き菓子を食べ終え、僕の分まで手に取っている紅髪の年上少女へ片目を瞑《つぶ》る。

「とても優秀で仕事の出来るメイドさんを、一定期間商会でこき使える、でしょうか？　僕のお菓子分も含めて」

「は～い♪　私はメイドさんですよ～☆　この件が済んだら、好きなお菓子、焼いてあげます。——アトラちゃん用に☆」

小さな時のリディヤも、こうやってやり込められていたんだろうなぁ。

フェリシアは少しの間黙考し、紅茶を勢いよく飲み干した。

小さな紅《あか》い小鳥の描かれているカップを置き、大きな利益を確信した商人の笑み。

「——……悪くない、ですね」

「でしょう？」「むふんっ！　御仕事、頑張りますよぉ～‼」

空気が和む中——しっかりとしたノックの音。

入り口の扉が開き、軍服姿の赤髪赤髭《あかひげ》の偉丈夫が入って来た。

フェリシアが、ビクリ、と身体《からだ》を震わせ、リリーさんはお澄まし顔になる。

男性は険しい視線を紅髪の年上メイドさんへ向け「……また、そのような服装を」と呟《つぶや》き、大きな手を軽く挙げた。

「すまない。待たせてしまったようだな。ああ、そのままで構わぬ」

「有難《ありがと》うございます」「あ、ありがとうございます」

僕とフェリシアが会釈《えしゃく》を返すと、男性はテーブルを挟んで着席し、手を組んだ。

「直接顔を合わすのは初めてか。副公爵を務めている、リュカ・リンスターだ」

「アレンです。この子は――」

「フェリシア・フォス嬢、だろう？　先の戦では大変世話になった。戦線を最後まで維持出来たのはフォス嬢のお陰だ。この場を借りて礼を言いたい。何かあった際は遠慮なく申し出てほしい。副公爵として出来る限り便宜を図る」

「！　……き、恐縮です」

丁寧な物言いを受け、男性が苦手なフェリシアはたどたどしくお礼を口にした。

赤髭をしごき、リュカ様が目を細められる。

「それで、今日はどのような用件だろうか？　……とは、いっても」

リュカ様がリリーさんへ放った鋭い眼光に、フェリシアが声なき悲鳴をあげる。

……当の本人は平然と紅茶を飲んでいるけれど。

「副公都に居る筈《はず》の我が長女がいるところを見ると、近日中に君へ報《しら》せを送ろうと思っていた件のようだが」

もうそこまで話が進んでいるのか。

頬が引《ひ》き攣《つ》りそうになるのを抑え、僕は右隣のリリーさんへジト目を向けるも、効果無く焼き菓子を美味《おい》しそうに頬張っている。

心の中で嘆息し、僕はリュカ様へ確認した。

「では、早速なのですが……リリーさんの婿取りの話。事実なのでしょうか？」

「事実だ。副公都を脱出し、王都にいる君のところへ駆けこむとは思わなかったがな」

赤髪の偉丈夫はこめかみを押さえた。苦悩を滲《にじ》ませ、想《おも》いを口にされる。

「娘も十九。私としてはメイド遊びを止めて、家に入ってほしいのだよ」

「……メイド遊び……」

副公爵殿下が来て以来、初めてリリーさんが呟きを漏らした。

フェリシアにも聴こえたらしく、僕の袖を握りながら口を開く。

「お、御言葉ですが……」

「副公爵殿下は『リンスター公爵家のメイド』になることを──『遊び』と御考えなのでしょうか？」

眼鏡少女の後を引き取り、僕は真っすぐ視線をぶつけた。

──『メイド遊び』。

聞き捨てならない言葉だ。

リンスターのメイドさん達は、他家では考えられない程の重責に応え続けている。

すると手を戻されたリュカ様はばつの悪い顔をされた。

「……言葉を誤ったようだ。無論、そんなことは露程も思っていない。リンスターにとって、アンナが組織したメイド隊は今や欠かせぬ存在。その貢献は誰もが認めている」

その言葉を受けて、フェリシアが勇気を振り絞り意見を表明。

「な、なら、リリーさんがメイドとして、しかも第三席という重職に就かれているのを、そのように表現されるのは、い、如何《いかが》なものかと思いますっ！」

思わず、僕はジーンとしてしまう。

初体面でひっくり返っていた気弱な女の子が、副公爵相手に堂々と相対している！

少し先の予定を脳内に書きこんでいると、リュカ様は丸太のように太い腕を組まれた。

「……フォス嬢。公的な場において、リリーは『公女殿下』と敬称される身でもあるのだ。力量的には、我が家を継ぐ資格も有している」

「…………っ」

フェリシアは、自分の知らない世界の話を持ち出され唇を噛《か》んだ。リリーさんは相当、将来を嘱望されているようだ。

副公爵殿下が立ち上がられ、窓へと向かわれる。

「……娘が突然『私、メイドさんになります！』と言い出した時、私は理解が出来なかった。職業に貴賤《きせん》はない。がっ！　リリーは『リンスター』なのだ。国を、民を守る責務があるっ！　何時までも我《わ》が儘《まま》を通させるわけにはいかぬ」

「……我が儘、ですか」

引っかかりを覚え、僕は言葉を繰り返した。

僕の知るリサ・リンスター公爵夫人。リンジー・リンスター前公爵夫人は、そこまで狭量《きょうりょう》ではない。むしろ推奨するんじゃ……？

リュカ様は窓の外に広がる初冬の王都を眺められると、振り返った。

「紹介したい者がいる──入ってくれ」

「失礼致します！」

きびきびとした返答と共に近くの扉が開き、赤の騎士服を身に纏《まと》った、貴公子風の優男が入室してきた。腰には美麗な彫刻の施された騎士剣《きしけん》を提げている。

リリーさんが男性を見て驚き、フェリシアは僕の背中に隠れたそうに袖を引っ張った。

「まさか、貴方《あなた》が？」「……ア、アレンさん」

赤で統一された装備品を纏う南方諸家出身の美男子。導き出される答えは。

リュカ様が貴公子の肩を親し気に叩《たた》かれる。

「彼がリリーの婿候補だ。数多《あまた》いる候補者を全員薙《な》ぎ倒《たお》し、立候補してくれた」

僕は自然と立ち上がり、今まで視線を外そうとしない男性に向き合う。

するとすると、穏やかさの中に、はっきりとした強さを発散させながら、名乗られた。

「トビア・イブリンだ。非才の身ではあるが、伯爵を務めている」

「アレンです。天下の『紅備え《あかぞな》』を率いる勇将にお会い出来て光栄です」

「……ふっ。それは私の台詞《せりふ》だな」

手を差し出すと痛い位に握り締めて来られた伯爵は、楽しそうに続けられた。

「『剣姫の頭脳』『流星』『水竜の御遣い』――貴殿とは一度会ってみたいと思っていた」

「…………は、はぁ」

間延びした呟きが思わず漏れ、僕は何とも言えない気持ちになった。

――バンッ！

突然、リリーさんがテーブルを叩く。

驚いて目を白黒させているフェリシアを置き去りにし、僕の隣まで歩いて来ると、滅多に出さない激しい口調で自分の考えを高らかに通告。

「御父様、私は実家に戻るつもりはありませんっ！　イブリン伯のお嫁さんになるつもりもありませんっ‼　私はメイドさんですっ‼」

「……最早《もはや》そのような言《げん》は聞かぬっ。お前は言っていたではないか？　『アレン殿に勝てる男を連れてこい』と。故に私はトビアを連れて来た。次はお前が約束を守れっ！　アレン殿には申し訳ないが、勝負は受けて貰《もら》う。一騎打ちだっ！　もし受けられない、というなら、お前はメイドを辞め、家に戻れっ‼」

「……っ」

奥歯を鳴らしたリリーさんは肩を怒らせ、目を閉じて深呼吸を繰り返し――僕の左腕を抱きかかえた。

「仕方ないですね――……アレンさん、よろしくお願いします♪」

「……リリーさん」

文句を言おうにも、ここまでニコニコ顔だと引っ込んでしまう。

一大事の筈なのに……何故《なぜ》だろう。まるで悲愴《ひそう》感がない。

むしろ、予定通りを喜んでいるような？

……いや、考え過ぎか。フェリシアも本気であたふたしているし。

僕は当事者の一人である貴公子へ話しかけた。

「イブリン伯爵閣下」

「トビアで構わない。私も君をアレンと呼ばせてもらおう」

友好的な返しに少々面食らってしまう。伯爵とは今日が初対面。

多少僕の噂《うわさ》を聞いていたとしてもこうまで……？

疑問を振り払い、謝意を示す。

「御言葉に甘えて……トビア。僕は貴方と争うつもりは微塵《みじん》もありません。副公爵家内のゴタゴタですし、一家庭教師の手に余ります」

「むむ～！　アレンさんは、私がいなくなってもいいんですかぁ～⁉」

リリーさんが僕を思いっきり揺らして来た。

そうすると、豊かな胸の感触も伝わってくるわけで……。

「――……うっほん」「…………」「アレンさん、話し合いの場ですよ？」

リュカ様が顔を顰《しか》め、伯爵は目を細め、フェリシアも冷たい指摘。理不尽極まる。

紅髪《あかがみ》の年上メイドさんを目で止め、問う。

「ただ、一つだけ聞いておきたいんです」

「何だろうか？」

伯爵の金眼《きんがん》に闘志が見て取れた。この人の外見に惑わされてはいけない。

単なる優男が南方諸家最強部隊を率いることなぞ出来ないのだ。

僕は唯一の――けれど、決定的な問いを投げかける。

「貴方がリンスター副公爵家へ婿入りしたとして、リリー公女殿下が『どうしてもメイドを続けたい』と仰《おっしゃ》った場合――どう、お答えになりますか？」

リリーさんが身を少しだけ硬くし、僕の袖を両手で掴《つか》むのが分かった。

南方屈指の勇将は何の躊躇《ためら》いもなく、答えをくれる。

「決まっているとも、アレン。その時は辞めていただくっ！　当然だろう？」

嗚呼《ああ》、仕方ないなこれは。何しろ――僕は見てしまっている。

案内すると言いながら二人して迷子になり、南都を見渡す丘の上で『誰にも言ったことはないけどね？　私、メイドさんになるのっ！』と、幸せそうに笑っていた女の子を。

苦笑し、決意を伝える。

「分かりました。この勝負、御受けします」

「ほぉ……」「そうこなくてはっ！」「――……アレンさん」

嬉《うれ》しそうにしながらも、生来の真っ当さが表に出て、微《かす》かに不安そうなリリーさんへ右手の腕輪を見せ、御二人へ条件を提示。

「僕が勝ったら今一度、リリーさんと話し合いの場を設けてください――御家族の皆さんで、です。フェリシア、何かありますか？」

状況を見守ってくれていた番頭さんへ話を振る。

すると、フェリシアは少しだけ黙考し、とんでもないことを話し始めた。

「……では、一つだけ、副公爵殿下にお願いがあります」

＊

「こんなもん、かな？」

着替え終わった自分を大きな姿見に映し、僕は変な所がないかを確認した。

普段の服装と違うので、どうにも落ち着かない。

かと言って、またしても、わざわざ下宿先へ届けてくれたアンナさんの手前、着ないわけにも……。

二階の大きな窓の外からは人々の歓声。

早くも本日の決闘場である副公爵家内庭に、軍用大規模結界が張り巡らされたようだ。

審判役を名乗り出たレティ様もそうだけど、公爵家の方々ってお祭り好きなんだよな。

一緒に届けられたリディヤのメモを取り出し、中身を再確認。

副公爵との会談後に報《しら》せたのもあって、字は荒々しい。

『今日の決闘ではこれを着用すること。
ヤナ・ユースティンが王都へ昨日到着したわ。正式調印前に話を聞く予定。
相手はトビア・イブリン？　やり過ぎないようにね。わざと負けたら亡命！』

……お姫様の御機嫌よろしからず。

開け放たれている入り口から、ブロンド髪を結んだ白リボンを揺らしながら、エリーが顔を覗《のぞ》かせた。今日はメイド服ではなく、ティナ達が水都で着ていたリリーさんとお揃《そろ》いの民族衣装だ。淡い翠《みどり》基調の色彩がぴったりだと思う。

あの年上メイドさんは何が何でもこの衣装を『メイド服』にする気らしい。

「ア、アレン先生、準備は如何──」

「丁度終わったところです。着慣れないものだから、少し時間がかかって──エリー？」

僕に呼びかけた少女がその場に固まる。

立てかけておいた魔杖《まじょう》『銀華《ぎんか》』を手にし、少女へ近づく。

「エリー、大丈夫ですか？」

顔を覗き込むと、天使なメイドさんは覚醒。

字義通り跳び上がり、両頬を押さえ、上目遣いで褒めてくれる。

「！　は、はひっ！　え、えっと…………と、とっても、カッコいい、です。リディヤ先生の剣士服に似ている気がして……」

僕は照れ臭くなり、頬を掻《か》いた。

――そう。何とリディヤは、僕用の剣士服を密《ひそ》かに用意していたのだ。

アンナさん曰《いわ》く『御嬢様《おじょうさま》方のお揃いの衣装が羨ましかったようでございます♪』。

色は黒と白、そして赤。確かに似ているかもしれない。素直に感想を伝える。

「……僕としては気恥ずかしいんですが。エリーはよく似合っていますね」

「リリーさんが私とフェリシアさんの分も作ってくれていて……ティナ御嬢様達《たち》の衣装が羨ましかったので嬉しいですっ！　思ったよりも、ずっと動き易《やす》いんですよ？」

年下メイドさんはその場で、クルリと一回転。革ブーツが床を叩く音が心地よい。

空気をはらんだ長いスカートを押さえ、エリーがはにかむ。

「……えへへ。今日は良《い》い日です。新しい衣装を着られて、アレン先生の初めての御姿も見れちゃいました♪」

「くっ！」

出会った当初と変わらない純真さに心を撃ち抜かれ、僕は目を覆った。

……守らないといけない。この子だけは、この子だけはっ！

改めて決意を固めていると、天使が可愛《かわい》らしく目を瞬《しばたた》かせる。

「？　アレン先生？」

「エリー……どうか君だけは、純粋なままでいてください。その為《ため》ならば、僕は何が相手でも薙《な》ぎ払《はら》う覚悟です」

「？　はひっ」


内庭へ出ると、設営された貴賓席にいた、淡い蒼《あお》と赤のドレス姿のティナとリィネに見つかってしまった。動きにくい為、エリーが僕を呼びに来たのだろう。

「先生～！　こっち――……」「兄様、急いで――……」

元気よく手を振ってくれた二人の公女殿下が沈黙。……あれ？

ティナ達の隣に腰かけている、同じく大人っぽいドレスを身に着けているカレンとステラへ僕は目を向けた。フェリシアは飲み物や軽食提供の陣頭指揮を執っているようだ。

「…………」「あ……」

妹は獣耳と尻尾を大きくして硬直し、次期ハワード公爵は口元を押さえ、俯《うつむ》く。

今日の決闘を見物しにやって来た王都駐留中の南方諸家の人々が興味深そうに僕を見ている。警備を担当しているのは、南方最強部隊『紅備え』のようだ。大袈裟《おおげさ》な。

内庭の四方を囲む、魔法で作られた分厚い石壁と数十の魔法障壁。

その中にはずらっと並ぶ椅子と小さなテーブル。そこかしこに炎の魔石を用いた暖房。

結界と相まって、寒さを全く感じない。

それにしてもフェリシアはどうして、リュカ様に、

『王都にいる、南方諸家の方々の立ち会いをお願いします！』

なんて要求したんだろう？　……有耶無耶《うやむや》にされないし、悪手ではないけれど。

エリーと一緒に内庭を進み、貴賓席の前へ。

「えーっと……その反応は傷つくんですが？　普段の格好に変更――」

「「「駄目ですっ！！！！」」」

ティナ、リィネ、カレン、そして隣のエリーが同時に叫んだ。ステラは頬を薄《う》っすら染めている。

ティナが拳を握り締め、悔しそうに唇を噛《か》み締《し》めた。

「似合っていますっ！　でも……くぅっ！　明日到着予定のロランがもっと早く王都にいてくれたら、うちの剣士服を手配出来たのにっ！」

「兄様、静止をっ！　姉様用に撮っておかないと……」

ハワード家執事さんに同情していると、赤髪公女殿下が映像宝珠を片手に要求。

席の後方を見ると、アトラを抱きかかえたシンディさんの姿、宝珠の供給源かっ。

「……リィネ。あ、あのですね」

僕が敵《かな》わぬまでも注意を試みようとすると、カレンが席を立った。

さも当然、といった様子で僕の左腕を手に取る。

「兄さん、どんな理由であれ、勝負を受けてしまい、剰《あまつさ》え！　着替えてしまった以上、もう手遅れです。諦めてください。リィネ、私を入れて撮影をお願いします」

「了解です。次は私で」「なっ⁉」「あぅあぅ……わ、私も……」

あっという間に周囲が騒がしくなった。

一段高く作られた壇上の、リュカ・リンスター副公爵殿下の表情が険しさを増し、審判を買って出られたレティ様は爆笑されている。

——唯一、内庭の中央に佇《たたず》む赤の軍装を身に着けた騎士は泰然。

僕は先程来、沈黙を続けている清楚《せいそ》さが前面に現れている公女殿下へ助けを求めた。

「ステラ、何とか言ってくれませんか？　人前ですし……ステラ？？」

「…………」

心ここにあらずな様子の聖女様の前で手を振ってみる。

すると、ようやく我に返り、恥ずかしそうに感想を口にした。

「！　……ご、ごめんなさいっ！　……お似合いです。御伽噺《おとぎばなし》の王子様みたい」

僕は頭を抱えそうになるのを何とか堪える。

何時《いつ》も通りじゃれ合うティナ達と、一見冷静に見えて、実は全く冷静さを欠いている妹を眺め、辛《かろ》うじて返す。

「……僕は魔法使いの方が好みですね。ステラは王子の方が好きですか？」

「いいえ。私も魔法使いさんの方が――……あ」「「「…………」」」

公女殿下はティナ達の視線を受け、真っ赤になった、光片が舞う。

「――……クックックックッ」

悪い声が耳朶《じだ》を打ち、直後、長い紅髪と黒のリボンを靡《なび》かせリリーさんが簡易決闘場へ降り立った。当然普段通りの服装だ。

「リ、リリー様！　三階から跳ぶのは……」

リンスターのメイド見習いでつい先日『アレン商会』付となり、王都へ着任したシーダ・スティントンさんの悲鳴が建物から飛んでくる。

それに構わず、前髪の花飾りと左手の腕輪を煌《きら》めかせ、リリーさんが勝鬨《かちどき》を上げた。

「私の目に間違いはありませんでしたぁぁぁっ！　アレンさんなら、魔法を使える剣士服も似合うと確信し、リディヤ御嬢様に助言をした甲斐《かい》が――」

「シンディさん、アトラをよろしくお願いします」

「お任せくださ～い♪　アトラ御嬢様、ぎゅー」「ぎゅー♪」

ティナ達の後方にいた頼りになる乳白髪メイドさんへ幼女を託し、僕はいよいよ内庭の中央へ向かおうとした。

「………ふーんだ。どうせ、どうせ、私はこういう場でも虐《いじ》められちゃう、メイド服も貰《もら》えない、第三席ですよーだ。ちらり～」

するとリリーさんがいじけてしゃがみ込み、文字を書きながら、僕へわざとらしい視線を向けてくる。呆《あき》れながら指摘。

「ティナも真似《まね》してましたけど……流行《はや》っているんですか？　シェリルですよね？」

「水都で教えてもらいましたっ！」「アレンさんには有効だと仰《おっしゃ》っていました～」

二人の公女殿下が声を合わせた。今度、リディヤとお説教だな。

魔杖を一回転させ、石突で地面を打つ。

――ティナ、リィネ、エリーの背筋が伸びた。

「先生！」「兄様！」「アレン先生！」

「「「負けないでくださいっ!!!」」」

「全力を尽くします。カレン」

「任せてください。ティナとステラが飛び出さないよう、捕まえておきます」

「カ、カレンさん⁉」「そ、そんなことしないわよ？」

分かり易く動揺し、百面相を見せてくれたハワード姉妹にくすり。

最後にリリーさんと視線を合わせ――右手の腕輪を見せる。

すると、年上メイドさんも左手の腕輪を見せ、スカートを摘まみ優雅にお辞儀。

――最善を尽くそう。あの日、一緒に大冒険をした女の子の『夢』を守る為。


決闘場の中央へと進み、華美な騎士剣《きしけん》を地面に突き刺し、僕を辛抱強く待ってくれていた伯爵に頭を下げる。身に着けている物は、見事なまでに全て赤だ。

「お待たせしました、トビア。……このような事態になって申し訳ない」

「謝罪は不要だ、アレン。私は自らを『騎士』と規定している。ならば！　この程度で動じるわけにはいかない。それに皆、君を見たがっている」

『おおおおお！！！！！』

伯爵の言葉に会場が沸く。……南方諸家の人達って、お祭り好きなんだよな。

音もなく、エルフの美女が地面に降り立った。手には何も持っていない。

「イブリンの子、その覚悟や良し。リンスターの鋭き刃の切っ先――『紅備え《あかぞなえ》』を率いるに足る器量は持っているようだの？」

「光栄に。『翠風《すいふう》』様」「レティ様……」

僕は、本来ならば王宮に居る筈《はず》の英雄様へ抗議の視線を向けた。

エルフの美女は軽く手を振られ、身も蓋もないことを仰る。

「ここ数日、小難しい会議ばかりでの。此方《こちら》の方が面白──リンスター副公爵家の行く末は、王国の一大事ぞ？　然《しか》るべき者が立ち会うべきであろうが？　始めるとしよう」

色々と言いたいけれど、何しろ相手は生ける英雄。文句を言えるわけもない。

諦めて距離を取り、向き直ると、トビアが騎士剣を地面から抜き、構えた。

レティ様が会場全体を見渡され、

「──鎮《しず》まれ」

たったそれだけで、騒いでいた貴族達や騎士、関係者一同が静まり返った。

恐るべきは、魔王戦争を生き残った大英雄の威厳。

「今より──『赤騎士《あかきし》』トビア・イブリンと『流星』アレンの決闘を開始する。命は取るなよ？　戦場以外で死ぬことを我は許さぬ。リュカも良いな？」

「無論でございます」

「良し。では」

観客達の声が遠くなった。結界が強化されたのだ。

レティ様は左手を高々と掲げ――一気に振り下ろされる。

「始めっ!!!!!」

英雄様の姿が魔法陣に呑《の》み込まれ――消える。短距離戦術魔法か。

感嘆していると、トビアが獅子吼《ししく》した。

「先手は貰うとしようっ!」

全身に身体強化魔法を重ね掛けした騎士が、僕目掛けて疾走してくる。

容赦なく首目掛けての横薙ぎ!

後方に跳びながら身体を反らし回避すると、即座に追随。

二撃、三撃、四撃――都度、躱《かわ》した斬撃で地面が抉《えぐ》れていく中、僕は舌を巻いた。

流石《さすが》は『紅備え』を率いる若き勇将。重装備をしながら、これだけの機動を。

上段から襲い掛かる騎士剣をいなすと、トビアが犬歯を剝《む》き出《だ》しにして、秀麗な顔に隠しきれない戦意を張《みなぎ》らせ、叫んだ。

「やるなっ!」「……トビア、今の本気では?」

『赤騎士』様の魔力は相当なもので、障壁も強大。

体術と剣技に、属性付与こそないものの練り上げられている。

距離を詰められ、短期決戦を強要されたら……ティナ達でもまず勝てないだろう。

トビアが騎士剣を地面に突き刺した。

「悪いが、私の連続攻撃を容易《たやす》く躱す魔法士相手に手加減など出来ないなっ！」

決闘場が大きく揺れ、足下から魔力の斬撃が次々と飛び出して来た。

魔杖《まじょう》で逸《そ》らし、反撃の魔法を発動。魔力探知による先読みは有効だ。

トビアを包囲するように、数十の光り輝く魔弾が布陣していく。

「この程度の魔法なぞ——むっ！」

騎士剣で正面から迎撃しようとしたトビアは直前で身を翻《ひるがえ》し、純粋な魔力障壁で直撃するものだけを粉砕。残りの魔弾は炸裂《さくれつ》する度、地面を凍結させていく。

四方の様子を確認——石壁どころか、結界にも傷一つ無し。ついているのは地面を抉っている斬撃のそれだけだ。

属性偽装を初見で看破した勇将を称賛する。

「気づかれましたか。初見では、リディヤも引っかかってくれたんですけどね」

『赤騎士』の身体が沈み込み——

「聞きしに勝る、とは君のような男を指すのだろうな、アレンっ！」

地面を蹴るやいなや、急加速。下方から恐ろしく鋭い突きで、僕を狙ってきた。

風属性による補助！

先程の攻勢では、僕に誤認を強いる為《ため》にわざと使わなかったのか。

練達の騎士の巧みな攻撃に賛嘆しつつも、紡《つむ》いでおいた試製氷属性初級魔法『氷神散鏡《ひょうじんさんきょう》』を発動。氷の塵《ちり》によって僅かに攻撃の勢いを殺し、魔杖で受け止める。

『剣姫の頭脳』――リディヤ御嬢様《おじょうさま》が王立学校で出会い、夏季休暇の際、南都へ連れ帰って来た魔法士の話は、あの当時から聞こえていたっ！」

「くっ！」

騎士剣に風が渦を巻き、トビア自身の腕力と身体強化魔法とも相まって、魔杖が大きく弾《はじ》かれる。

リディヤの鋭さ。ステラの華麗さ。リリーさんの重厚さ。

僕が良く知る剣技とは異なる、実戦に基づいた剣技だ。

襲い掛かる騎士剣の真下から、氷属性初級魔法『氷神蔦《ひょうじんちょう》』を発動。一時的に拘束を試み、剣そのものを蹴って、反動で後退する。

トビアも両手持ちへと切り替え拘束を断ち切り、猛烈な勢いで突進。

間合いが殺される。対魔法士戦を熟知している者の動き。

魔杖に雷刃を生み出し、トビアの騎士剣を受け止める。

「以来っ！　君の話が家中で出なかった日はない。嘘《うそ》か実《まこと》か、黒竜を退け、悪魔を討ち、吸血鬼の真祖、千年を生きる魔獣との神話じみた戦いっ‼」

紫電が散る中、切り返して攻勢に出るも――悉《ことごと》く受けられる。

後方へ回り込むべく足に風魔法を回し、機動性を上げるもすぐさまトビアも強化。

見切り損ねた横薙《よこな》ぎで、前髪の先が微《かす》かに切れる。

「そして、此度《こたび》の戦で挙げた赫々《かくかく》たる武勲の数々っ！　正直に言おう。私は、君に少なからぬ嫉妬を覚えている。『騎士』たるものっ！　他者に――しかも、自分よりも十以上も若い男に武勲で劣るなどあり得ぬ、とっ‼」

「では、この決闘を受けた、のも」

光属性初期魔法『光神弾《こうじんだん》』を至近距離で叩《たた》き込み、無理矢理距離を取る。

体術はともかくとして、純粋な剣技はトビアの方がかなり上。

「ああ、そうだっ！」

騎士剣を大きく振り、伯爵が勇壮な顔を見せる。

「新時代の英雄――新しき『流星』と手合わせ出来る場面など、今後まずないからなっ！　婚姻の話を利用させていただいたっ‼　……ああ、誤解しないように言っておく」

「？」

それまで自信満々だった騎士は、やや照れ臭そうに鼻の頭を掻《か》いた。

「リ、リリー御嬢様をお慕いしているのも本当なのだ。我が剣に誓おうっ‼」

この赤き騎士様は良くも悪くも真っすぐな方なのだろう。

結界を貫く、年上メイドさんの叫び。

「アレンさんっ！　精神的動揺を誘う為、『残念、先約済み――』むぐっ⁉」

最後まで言わせぬよう、ティナ達が口を押さえつけたようだ。……少し遅かったけれど。

恐る恐るトビアを見ると、貴公子の瞳には嫉妬の炎が揺らめいていた。

「――……だからこそ、君には私怨《しえん》もあるっ！　加減は出来かねるなっ‼」

騎士剣を天高くかざすと、決闘場内が大きく揺れた。

四方を見渡すと、斬撃の痕から魔力の柱が立ち昇り、『騎士剣』へと変容していく。

その数は六本。トビアの持つ騎士剣が光を放ち始める。

「私が考え無しに攻撃を繰り返していたとでも？　我が祖父が復活させた古の奥義《おうぎ》――

『七斬』、受けてみるがいいっ！」

六振りの『騎士剣』とトビアの愛剣の光が集束していく。目線の先に、先輩のメイドさん達に交じり、見慣れぬ紋章を翳《かざ》している小柄なシーダ・スティントンさんがいた。

――カチリ、と脳の中で何かが嵌《はま》る。

そうか。『何処《どこ》かで見た』と思ったのは、『十日熱病』の被害図に浮かんだ歪《いびつ》な紋章に似ていたからか！　聖霊教と月神教に何らかの関係がある？

トビアの強大な魔力をその身で受けつつ、僕の頭が更に回転していく。

「相手に気付かれず布石を打ち、最終段階で一点に集める……使徒の使う『八神絶陣《はちじんぜつじん》』も、『十日熱病』も原理は同じ？　一ヶ所ずつ増やしていって、最後には――」

一気に『点』と『点』が繋《つな》がり、秘されていた『絵』が浮かび上がる。

……封印書庫には僕も行かないといけない。ステラの、何よりエリーの為に。

トビアが大咆哮《だいほうこう》する。

「アレンっ！　いくぞっ！　まともに受ければ、命は、っ！？！！」

僕は左手の『銀華《ぎんか》』を大きく振った。

右手の腕輪が瞬《また》き、決闘場全体に無数の炎花が舞う。

「なっ⁉　『花』……だとっ！　これは、リリー御嬢様の！」

今にも振り下ろされようとしていた『騎士剣』に炎花を接触させ――仕込んでおいた自壊式を起動。

巨大な『騎士剣』から魔法式が剝がれ落ち、崩れていく。

「っ！？！！」

トビアが愕然《がくぜん》とし、身体を震わせた。

込められている魔力量は凄《すさ》まじいもの……リンスター公爵家及び南方諸家は、ここ数年で汎用基礎魔法式を更新している。

――自分が手掛けた物で、暗号式もないのなら初見でも対処は可能だ。

目を見開き、愕然としている赤き騎士へ、右手を高く掲げ心からの御礼《おれい》を告げる。

「有難《ありがと》うございます、トビア。貴方《あなた》のおかげで考えが纏《まと》まりました。お礼です」

六方向から炎花が渦を巻き、『銀華』の下で一つに結集していく。

赤き騎士は剣を構えるも、すぐに降ろした。ポツリ、と漏らす。

「――……美しい」

「貴方の技にあやかり、『七炎斬花《しちえんざんか》』と名付けようと思います。――いきます！」

右手を降ろし、一気に貴公子を飲みこませる。

「――――っ！」

魔力障壁を切り裂き、トビアの身体が上空高く舞い上がる。

僕は指を鳴らして魔法を消失させ、赤き騎士へ浮遊魔法を発動させた。

ボロボロではあるものの、殆《ほとん》ど出血はしていないトビアが地面に横たわる。

「そこまで！」

レティ様が姿を現すと同時に結界も弱まり、周囲の音も戻ってきた。

上空を気持ち良さそうに二頭の軍用グリフォンが飛んでいる。

指示を出す前に、信じ難《がた》い規模の治癒魔法がトビアへ発動——ステラだ。

「……うん？　わ、私は……」

トビアが意識を取り戻すのを確認すると、英雄様は高らかに宣告された。

「この勝負、アレンの勝ちっ！」

——一瞬の静寂が空間を支配し、

『**おおおおお！！！！**』

直後、声ならぬ爆発的な歓声が轟《とどろ》いた。……どうにか、これで。

「**まだだっ！！！！！！！！！**」

ホッとする間もなく、上空から野太い声。

地面に大火球が炸裂し燎原《りょうげん》を現出させる。僕は炎を制御しつつ、困惑した。

「……副公爵殿下？？」

炎の中に立っていたのは、赤髪赤髭《あかひげ》の偉丈夫——リュカ・リンスター副公爵殿下、その人だった。剣こそ抜かれていないものの、両拳をぶつけ、大咆哮。

「まだだっ！　まだ……リ、リリーが嫁に行くなぞっ、断じてっ、認めんっ‼」

「…………へっ？」「ほぉ？」

僕は混乱し、レティ様が面白そうに零《こぼ》される。

……メイドになるのを認める、認めないの話じゃ？

身を起こしたトビアが教えてくれる。

「思い込んでおられるんじゃないかな？　副公爵殿下は子煩悩《こぼんのう》で有名なんだ」

「……なるほど。レティ様」「大丈夫だ、アレン」

英雄様に後事を託す前に、決闘場に二人のメイドさん——エリーとリリーさんが飛び込んできた。ティナ達はドレス姿が災いし一歩遅れたようで、悔しそうにしている。

二人は僕を守るように、リュカ様へ啖呵《たんか》を切った。

「それ以上は許しませんっ！」「……いい加減、娘離れをしてくださいねぇ？」

会場外の人々のざわめきが大きくなっていく。

……心なしか、内よりも外に向けられているような？

レティ様の表情を窺《うかが》うと、心底楽し気だ。

副公爵殿下は怯《ひる》みながらも、闘志を燃やされる。

「ぬ、ぬぅっ！　だ、だが、私は絶対に、退くつもりは——……」

「あらあら～リュカ様ぁ？　駄目ですよぉ？？　約束は守らないとぉ★」

「！？！！！」

決闘場内に、ほのぼのとした声が響き渡った。

副公爵殿下の顔が見る見る内に蒼褪《あおざ》め、ガタガタと震え始める。

……この声、アトラス侯国へ行った時、付いて来てくれたメイドさんと同じ。

振り返ると、そこには極々淡い耳が隠れる程度の紅髪《あかがみ》で、小柄だけれど胸はとても立派な淡い紅ドレス姿な女性が佇《たたず》んでいた。ニコニコと微笑《ほほえ》んでいる。

やっぱり、あの時の名前をどうしても教えてくれなかったメイドさんだ！

あれ？　でも今、副公爵殿下を呼び捨てにしたような……。

僕とエリーが当惑している中、トビアが埃《ほこり》を払って立ち上がり、女性に敬礼した。

リュカ様とリリーさんが同時に悲鳴をあげる。

「フ、フィアーヌ!?　な、何故《なぜ》、王都に——ち、違う。こ、これは誤解だっ！」

「お、御母様、王都へ来られるなんて聞いてませんっ！」

——……『御母様』？

僕が単語の意味を理解する前に炎羽《えんば》が舞う。こ、この魔力は……。

炎風と共に長い紅髪の美女――『血塗れ姫《ちまみ》』リサ・リンスター公爵夫人が姿を見せた。フィアーヌさんとお揃《そろ》いの豪奢《ごうしゃ》な真紅のドレス姿で、後方にはアンナさんと副メイド長のロミーさんを従えられている。

リュカ様の顔から血の気が完全に失《う》せる中、リサさんが微笑まれた。

「戦いたいのでしょう？　これ以上は私達が相手になるわ、リュカ」

＊

「……遅いわね。いい加減、到着してもおかしくないのに。教授とアンコも来ないし……ああ、もうっ！　シェリル、連絡はないの!?」

賓客を迎える為《ため》、紅《あか》いドレスに着替えた私の親友――『剣姫』リディヤ・リンスターは、室内を歩き回りながら苛立《いらだ》ち、私へ聞いてきた。

パチパチと音を立てて薪が燃えている暖炉近くのソファーでは、絨毯《じゅうたん》の上で白狼《はくろう》のシフォンが丸くなり、愛らしいリアと一緒にお昼寝中だ。

窓際《まどぎわ》の椅子に腰かけ、決闘に立ち会っている同志達からの報告書に目を通していた私は、親友を諭す。

「落ち着きなさいよ、リディヤ。シフォンとリアを見習ったら？」

茶化すような口調にムッとし、リディヤは私の前の椅子に座った。

窓硝子《ガラス》に白ドレスの自分が映り、微《かす》かな冷気を感じた。王都にも冬がやって来たのだ。

リディヤが頰杖《ほおづえ》を突き、反論してくる。

「この子達は遊び疲れただけでしょう。……ねぇ」

「何？」

顔を上げリディヤが私を見た。嫉妬を覚える程、美しい紅髪と瞳が光を放つ。

同性ながら認めざるを得ない。この子はとても綺麗《きれい》だ。……性格は捻《ひね》くれ者だけどっ。

「今日、あいつはトビアと決闘をしているのよ？　負けるとは微塵《みじん》も思わないけれど、少しは気に――……あ、もしかして、ようやく諦めた？」

「…………はぁ」

私は的外れな指摘を受け、嘆息した。

誰がアレンを諦めるですって？　私が平静を装《よそお》っているのは、事前にリリーや、他の同志達から連絡を受け取っているからだ。

――これは『アレンの強さを世に知らしめる計画の一環』だと。

副公爵が本気で婿候補を押し付けて来るとは思わなかったみたいだけれど。

目の前の親友には内緒なので、どう説明するかを考えていると、先に戯言《たわごと》を聞かされる。

「うんうん。あんたも多少は大人になったわね。義妹の言葉を借りるなら『私とアレンが一緒にいるのは、それが世界の理』だもの♪」

「っ！」

私は思わず言葉を喪《うしな》う。

王立学校、大学校、そして——王宮魔法士を経て、私付の直属護衛官になった今でも、リディヤにとって、アレンは世界よりも重い存在だ。

彼に言われたらこの子はたとえ世界を相手にしても、一切の躊躇《ちゅうちょ》なく戦うだろう。

そんな真っすぐさが時に眩《まぶ》しく……羨ましい。

「……リディヤ、いい加減教えてくれない？　アレンに何をしてもらったの？」

私は金髪を弄《いじ》りながら話題を変え、最近気になっていることを尋ねた。

幾ら、今日の待ち人がヤナ・ユースティン皇女だとしても……以前のこの子なら休みを強硬に主張した筈《はず》。

すると、リディヤは左手でそっと右手薬指に触れ、心底幸せそうに返答してくる。

「何もないわよ。何も♪」

「……ねぇ、リディヤ」

私は努めて冷静さを保ち手を伸ばした。にっこりと微笑みかける。

「右手、ちょっと貸してくれない？　調べたいことがあるの」

すると案の定、手を引いて抱きしめた。そっぽを向き、拒絶してくる。

「嫌よ」

「……貸して」

「い・や」

「「っ‼」」

睨《にら》み合《あ》い、弾《はじ》かれるように立ち上がって、向かい合う。

室内の至る所で光華と炎羽がぶつかり合い、消失していく。

私は魔法を紡《つむ》ぎながら、リディヤへ叫んだ。

「……おかしいな？　ってちょっと前から思っていたのよっ！　早朝少しだけ、王宮を抜け出した時ね？　私に内緒でアレンに何をしてもらったのっ⁉　ズルいわよっ！　機会均等を要求するわっ‼　この、泣き虫公女っ！！！！！」

対して長い紅髪を手で払い、『剣姫』も疑念の視線をぶつけてくる。

「当然の権利の間違いでしょう？　腹黒王女っ！　コソコソと何を企《たくら》んでいるの？」

……気付かれていたようね。

けれど、もう『私達』の計画は完成した。後は機会を得るだけ。

両手を合わせ、からかっておく。

「え～？　わたしは、な～んにも、企んでなんかいないわ★　まぁ、アレン独占教の誰かさんには影響があるかもしれないけど、他の子達は幸せになれるし？」

薪が、バチッ、と音を立てて大きく割れた。

シフォンが警戒するように周囲を見渡し、私とリディヤを見て『……程々に』という顔をして、リアを守るように位置を変えた。何時《いつ》の間《ま》にかアンコさんも加わっている。

「……うふ」「……うふふ」

私達は笑い合い、戦闘態勢へと移行していく。

魔力に反応し、私室の壁や調度品が悲鳴を上げ、お互いの髪が浮かび上がる。

――その時だった。

入り口の扉を開き、眼鏡をかけた紳士――王国屈指の大魔法士であり、アレンとリディヤの恩師でもある教授が入って来られた。

私達の様子を観察し、軽く左手を挙げられる。

「シェリル王女、リディヤ嬢、その辺にしておこう。折角来て下さった皇女殿下を怯《おび》えさせてはいけないよ」

「「………」」

私達は黙り込み、それぞれの魔法を解除。

室内の空気が弛緩《しかん》し、教授の背中に隠れている青年と少女が会話を交わす。

「ヤナ様、御挨拶を。先程まで『噂《うわさ》に名高い『剣姫』とはどれ程なのだろうなっ！　一度手合わせ願いたいものだ‼』と、息巻いておいでだったじゃないですか？」

「フスっ！？！！　お前、わ、私を裏切るのかっ⁉　薄情者っ！　人でなしっ‼　帝国に帰っても偉くしてやらないぞっ‼」

極淡い紫を帯びた金髪の少女がいきり立ち、背の高い青年へ喰《く》ってかかる。二人共、ユースティンの軍服姿だ。

フス、と呼ばれた青年は少女に身体《からだ》を揺らされながら淡々と返す。

「今の身分ですら過分なのでー」

「馬鹿者っ！！！！　それでは、私の傍《そば》に——……あ」

自分達の立場を思い出したのだろう、少女の身体が硬直し冷や汗を流し始める。

私は居ずまいを正し、先んじて挨拶した。

「北都よりの来訪、感謝致します、シェリル・ウェインライトです」

「リディヤ・リンスターよ」

紅髪の公女も後に続くと、教授が入り口の扉を静かに閉められた。

退路を断たれた少女が名乗る。

「……ヤナ・ユースティンだ。この薄情な男は副官のフス・サックス」

この子が何を知っているかで、今後の動きは大きく変わる。

——今頃、『赤騎士《あかきし》』と決闘中のアレンの未来も。

私はにこやかに、少女へ話しかけた。

「ヤナ皇女、講和条約の正式調印式前に貴女《あなた》をお呼び立てしたのには訳があります。『花竜の託宣』について話は教授から聞いていますね？　知っていることを教えてください」

「……聞いてはいる。いるが……有用な話が出来るとは……」

ユースティンの皇女は自信なさげな様子だ。

教授が手で私達を促される。

「立って話すのも何だ。温かいお茶でも飲みながら話すとしよう。北都よりマシとはいえ、王都ももう冷える。王国と帝国は敵じゃない——少なくともこの部屋の中では、ね」

第4章

「くっ！　っ、強過ぎます……」「フ、フィアーヌ叔母様ぁ、少しは手加減を……」

招待客の去った、夕刻迫るリンスター副公爵家内庭。

特別模擬戦を行っていたティナとリィネは泣き言を零《こぼ》し、長杖《ちょうじょう》と剣を支えにしながら、自分達の魔法の余波で穴だらけになった地面にへたり込んだ。

『アレン様』『私とエリーが交代します』

少し離れた石壁内で、ティナ達の奮戦を見守っていたステラとカレンが、貴賓席に座るよう強制された僕へ目配せ。すぐさま頷《うなず》く。

「あらあら～？　もうお仕舞いかしらぁ～？」

ティナ達と僕達の動きを察知した、何も持っていない淡い紅髪の小柄な女性――フィアーヌ・リンスター副公爵夫人は笑みを崩さず、小首を傾《かし》げた。

服装も、少女達は普段の服に着替えたが夫人はドレス姿で、携えている細剣も鞘《さや》に納めたまま。模擬戦開始後、一歩も動いておらず、周囲の地面には穴の一つもない。

リュカ様へお仕置きし、医務室送りにした後なのに疲労の色は皆無だ。

慄《おのの》いていると、ステラが短杖を振り、治癒魔法を発動。

光がティナとリィネに降り注ぐ中、エリーも土魔法で地面の穴を埋めていく。

その中を、リリーさんと色違いの装束に着替えたカレンが進み、ティナ達の頭を軽く叩《たた》き、手を引いて立たせる。制帽に付けている『片翼と杖』の銀飾りが陽光を反射した。

「ティナ、リィネ、交代です。ステラと一緒に見学していてください」

「「……はぁい」」

悔しそうにしながらも二人は素直に従い、副公爵夫人へ深々と頭を下げ、石壁内へ歩いて行く。格上との模擬戦は良《い》い経験になったと思う。

次はやる気十分な様子のアンナさんと、エリー、カレンの模擬戦だ。

周囲では、ほぼすべてのリンスター公爵家メイド隊の席次持ちが勢揃《せいぞろ》い。交互にアトラを甘やかしながら、結界を張り巡らせている。

どう考えても過剰戦力。

これって――……後方から苦笑交じりの男性の声がした。

「最終戦は君も参加させられそうだね、アレン。相手はリサとフィアーヌかな？」

僕は嫌そうに顔を顰《しか》め、肩越しに嫌味で返す。

「……教授、久しぶりに顔を合わせてそれですか？　テトが泣いていましたよ？」

「泣かしているのは君だろう？　この前は不在ですまなかったね。連日、会議、会議、会議……今日もさっきまで面会だった。隠居しなかった我が身の不明を嘆くばかりだよ」

隣に腰かけ、金属製のポットからグラスへ冷水を注いだ恩師は愚痴を零す。

内庭では次の模擬戦が開始。カレン達は接近戦を挑むようだ。

アンコさんを抱え、ニコニコ顔の副公爵夫人が此方《こちら》に歩いて来る。

「……教授、教えてください。あの御方はいったい」

「いいとも。リンスターには、絶対に戦ってはいけない相手が三人いる。『緋天《ひてん》』リンジー・リンスター。謂《い》わずと知れた大魔法士だね。次に『血塗《ちまみ》れ姫』リサ・リンスター。前『剣姫』にして大陸最強剣士だ。そして——」

「三人目が『微笑《ほほえ》み姫』フィアーヌ・リンスター。私の幼馴染《おさななじみ》であり、親友であり、年上の義妹で、グリフォン戦術の第一人者よ。待たせたわね、アレン」

涼やかな、それでいて誇らしさを感じさせる声が耳朶《じだ》を打った。

テーブルにティーポットが載った木製トレイが置かれ、目の前に長い紅髪《あかがみ》で豪奢《ごうしゃ》なドレス姿の美女——『血塗れ姫』リサ・リンスター公爵夫人が腰かける。

手を伸ばし、お茶の準備をしようとすると、

「大人しくしていなさい」「そうよ～♪　リサちゃんの言う通りだわぁ～」

僕の隣へ座られたフィアーヌ様にも軽く叱責される。

美少女にしか見えないのだけれど、それよりも――……リサ、ちゃんっ⁉

激しく動揺しながら教授へ目を向けると泰然。

恩師はグラスの冷水を一気に飲み干すと、刻印付の書簡をテーブルの上に置いた。

――ウェインライト王家の紋章。

教授が僕へ何時になく真剣な眼差《まなざ》しを向けてくる。

「レティ殿に聞いているね？　明日、リンスターの屋敷《やしき》で『花竜の託宣』についての会議が行われる。君も参加してほしい。ステラ嬢とエリー嬢を連れてね。クロム、ガードナー侯爵と王宮魔法士筆頭も参加する予定だから、気分の良いものにはならない。……けど」

恩師の視線は眼前の内庭へ注がれた。

そこにいたのは――アンナさんの攻撃に翻弄されながらも必死に魔法を紡ぐエリーと、固唾をのんで見守っているステラ。

「彼女達だけで封印書庫へ行かせる訳にもいかない。言葉通りにしなかった場合、花竜がどう出るかは誰にも予測出来ないし、何よりあそこは謎だらけでね。中がどうなっている

のかは両侯爵しか知らないんだ」

「参加するのは構いませんが……聖霊教による収奪はなかったんですか？」

一時的に王都を占領した叛乱軍《はんらん》は、王都、東都で数えきれない古書や魔法書、貴重な品々を接収、国外に持ち出したことが分かっている。

そんな連中が、クロム、ガードナー管理の場所だけを見逃すとは思えない。

フィアーヌ様がカップを並べ、リサさんが紅茶を注ぐ中、教授は渋い顔になった。

「『なかった』が両侯爵と王宮魔法士筆頭の正式回答だ。事実、ロッド卿《きょう》が屋敷内を検分したところ、痕跡は発見出来なかったそうだよ。同じ轍《てつ》を踏む御仁じゃない」

オルグレンの叛乱が起きる前、学校長と教授は精巧に作られた偽書を見抜けず、事前警告の機を逃した。今回は慎重に慎重を期している筈《はず》だ。

また——王宮魔法士筆頭ゲルハルト・ガードナーは、何よりも秩序を重んじる人物。

様々な思惑があるにせよ。虚偽の報告をするとは思えない。

……ただ、何だろう？　胸騒ぎがする。

僕はそれを抑え、気になっていたことを質問する。

「教授、陛下が王都へ戦力を集められているのは何故《なぜ》ですか？　『花竜の託宣』が確かに一大事なのは分かりますが……」

今まで自分が様々な人達から折々に聞いて来た話と、その脅威度からの推定。恩師と目を合わせ、言葉にする。

「もしや、百年前にレティ様や学校長が交戦し、王宮地下に封じたという、八翼の悪魔と何かしら関係がありますか？」

「「…………」」

教授、リサさん、フィアーヌ様の間に重い空気が漂った。

内庭では、『雷神化』を上回る速度で機動するアンナさんが二人を翻弄し、石壁内のティナ、リィネ、ステラは必死に応援している。恩師が深い溜《た》め息《いき》を吐いた。

「……君に隠し事は無理だね。詳しい話はこの場じゃ話せない。悪いね」

「いえ」

目の前にカップが置かれた。優しい香りが鼻孔をくすぐる。

教授は疲れた様子で席を立たれた。

「それじゃあ、アレン。リサ、フィアーヌ。また明日《あす》」

「はい」「ええ」「王都にいる間、お話ししましょうねぇ♪」

回答はなく、左手を振られながら戻られて行く背中には哀愁が感じられた。

疲れているみたいだし、一連の事件が終わったら、美味《おい》しい食事でも御馳走《ごちそう》しよう。

『十日熱病』事件の再調査も控えていることだし……

意気込んでいると、フィアーヌ様が紅茶を飲まれた。

「美味しい♪　アレンちゃん、と呼んでいいかしら？　改めて――フィアーヌ・リンスターよ。『副公爵夫人』なんて、難しい肩書がついているわぁ」

「東都の狼《おおかみ》族、ナタンとエリンの息子、アレンです。フィアーヌ様には」

「ぶ～！　一緒にグリフォンで月夜を飛んで、アトラスの侯都までお出かけしたでしょう？　フィアーヌさん、で良いわぁ☆　『御義母《おかあ》さん』なら尚良《なおい》いけれどぉ♪」

子供のように唇を尖《とが》らせ、最後まで言わせてもらえず、あろうことか、とんでもない要求までしてくる。あ、この人、リリーさんのお母さんだ。

「フィアァ？　喧嘩《けんか》になるわよ？　アレンはうちの子になる予定なの」

優美な動作で紅茶を楽しまれていた、リサさんが釘《くぎ》を刺される。普通の人なら、これだけで白旗を掲げるだろう。

けれど、フィアーヌ様は微笑まれ、あっさりと返される。

「うふふ～♪　未来は誰にも分からないものぉ。それはそうとぉ――アレンちゃん」

「は、はい」

雰囲気が、ガラリ、と変わった。

カレンとエリーは上級魔法を展開し始めている。決着が近そうだ。

――公的立場を有していない僕へ、副公爵夫人が深々と頭を下げられる。

「うちの夫と娘が御迷惑をおかけしました。イブリン伯には私からも謝っておきます」

「い、いえっ！　決闘を受けてしまったのは僕ですから」

リサさんやレティ様で多少慣れたとはいえ、心臓に悪い。

ゆっくりとフィアーヌ様が顔を上げた。

「リュカ様は、リリーが大好きで……。今回も私に黙って話を進めていたの。教授に聞いていた件もあって、王都には行くつもりだったから。でもね？　あの子が、事ある毎《ごと》に『アレンさん以上の人じゃなければ絶対に嫌です』と言っていたのは本当で――」

「……戻りました」

突然、僕の左隣に可憐《かれん》な紅髪の美少女――リリー・リンスター公女殿下が腰かけた。大人っぽい淡い赤のドレスが映えている。

硬い口調からして、この場では『公女殿下』として立ち振る舞うようだ。

思わず苦笑すると、ジト目で睨《にら》まれる。

「……何ですか？　そんなに私のドレス姿は変ですか？」

「まさか。ただ……いえ。口に出したら怒られそうなので止めておきます」

「言ってください。怒りませんから」

ずいっと、身体《からだ》を寄せられ、肩と肩とがぶつかるも、リリーさんは頓着しない。

僕はリサさんとフィアーヌさんの笑みを受け止めながら、口を開く。

「もしかして、フィアーヌ様の」「『フィアーヌさん』よぉ♪」

少女にしか見えない副公爵夫人に咎《とが》められ、僕は肩を震わせた。リサさんやアンナさんと詰め方が似ていて、逆らえる気がしない。

僕はリリーさんの髪についていた埃《ほこり》を手で取り、早口で告げた。

「……フィアーヌさんの前で、メイドさんとして働く姿を見られて恥ずかしがってるんじゃないかな、って」

途端に公女殿下の頬が薄《う》っすら染まった。

顔を伏せ、テーブルの下に手を回し、僕の右手の腕輪を弄《いじ》ってくる。

「…………そんなことはありません。アレンさんの目は節穴だと思います」

「あら～？　この二ヶ月『アレンさんは凄《すご》いんですよ？』『アレンさんの御力になりたいんです』『アレンさんじゃないとお婿さんは』――」

「お、御母様っ！　……う、嘘《うそ》ですからね？　信じないでくださいっ‼」

エリーとカレンの雷魔法の轟音《ごうおん》を、リリーさんの悲鳴が貫く。

フィアーヌさんは愛娘《まなむすめ》をここぞとばかりにからかう。

「あらあら～？　何時《いつ》もは『母様』って呼ぶ甘えん坊さんなのに……うふふ～♪　アレンちゃんの前で、良い子に見せようとしているのかしらぁ？」

「なっ、なぁっ⁉　…………うぅ～！」

僕を睨まないでほしい。

さっきお会いしたばかりだけど……この方には勝てない。此処《ここ》に母さんがいたら、空気感だけで白旗を掲げてしまいそうだ。

――再びステラの治癒魔法の眩《まばゆ》い光。

アンナさんが嬉《うれ》しそうにエリーとカレンを称賛し、ティナとリィネは興奮している。

紅茶を飲み干して、僕は静かに口を開いた。

「リサさん、フィアーヌさん……明日の会議の前に、『十日熱病』に関する仮説を立ててみたんです。御考えをお聞きしてもよろしいですか？」

「ええ、いいわよ」「私で良ければ」

「では……」

袖を引っ張られ、視線を落とすとリリーさんが不安そうな顔で僕を見ていた。

「……私はいらない子ですか？」

僕は苦笑し、額に指を付け軽く押す。

「メイドさんのリリーさんならば。――これ以降、僕の名前を売り込もうとしないでください ね？　まして、御自身の婚姻を使うなんてもっての外です。今回の決闘、ティナ達が反対しないし、おかしいと思っていたんですよ」

「！　……ごめんなさい。イブリン伯にも謝っておきます。……準備は終わりましたし」

リリーさんは頭を下げ、素直に謝ってくれた。

意識を切り替え、慎重に話し始める。

「僕は水都で彼の謎の病の一端に触れました。あれは流行《はや》り病なのではなく、聖霊教絡《がら》みの呪術でした。しかも、多くの人々を広範囲に巻き込む未知の」

テーブル上に、研究室で入手した古い王都全域図を置く。

地図に記された死者を現す「×」に規則性は一見、ない。

「大学校に残る当時の資料を根こそぎ漁《あさ》ってもらいました。然《しか》しながら……殆《ほとん》ど散逸しているか、禁書指定されていて入手出来ず。そんな中、辛《かろ》うじて残存していた資料がこれと、一部の名前が意図的に消されていた死者簿です。原因を追究すべく、個人で纏《まと》められた物の写しだったと思われます。死者の地位、人種、年齢は様々で関係性は見えてきません」

資料を主に纏めてくれた大学校の後輩を思い出す。今度御礼《おれい》をしないと。

左手を握り締め、地図上の色を変化させる。

「ですが、これを日付毎《ごと》に分け、死亡した場所を地図へ投影させていくと——」

「——！」

王都各地で死者数がぽつぽつと増え、『×』が広がっていく。

その中で歪《いびつ》な三日月形の『弧』が少しずつ形成されていき、ある屋敷《やしき》を中心に王都を覆う巨大な『魔法陣』が姿を現し……突如として崩壊。

直後、王都全域で死者が続出した後、終息に到《いた》る。

これまで気付かなかったのは、終盤で今までの規則性が完全崩壊し、隠される形になった為《ため》だろう。

……『何か』があったのだ。術者の計画が崩れる『何か』が。

調べてくれた大学校の後輩が呟《つぶや》いた言葉を思い出す。

『これはまるで……人の遺書のようですね。どうか気付いてくれっ！という』

僕はポケットから紙片を取り出し、ペンである物を描いた。

ロブソン・アトラスが遺《のこ》した資料——『**月神教外典**《つきがみきょうげてん》』と彼の論文内で推察されていた、

『人為的な神域の顕現魔法陣』だ。

――その姿は三日月形をした八つの『弧』を持つ『花』。

「トビアの技を見て気付いたんです。仮に『十日熱病』が大規模呪術であったなら、その『最終目標』――騎士剣《きしけん》を振り下ろす相手は誰だったのだろう、と？」

遅滞と集約。リィネに教えておきながら……自分の愚かさに呆《あき》れ返《かえ》る。

僕は指で地図を三ヶ所叩《たた》いた。

クロム、ガードナー侯爵邸。そして――……封印書庫。

『花』の中心は明らかに両侯爵邸。

そして、爆発的な死者が発生したのは、封印書庫に『×』が打たれて以降。

リリーさんが身体を震わせ、僕の左腕を抱きしめた。

内庭でカレンとステラに抱き着いているエリーの笑顔に、心が軋《きし》む。

「呪いの術者の最終目標は、当時のガードナー、クロム両侯爵だったと考えます。理由は不明です。けれど……死者簿に御二人の名前はありません。二人を呪殺する前に、想定外の事態が発生してしまったのでしょう」

左手を握り締め、地図上の封印書庫の『×』に名前を投影する。

――死者は、一人。

「最後の死者の姓は『ウォーカー』。名前は消されていました。おそらくエリーの御両親、ルミル様かミリー様のどちらかであり、術者と交戦の末、死亡したと思われます」

*

その日の晩。

リサさんの『厳命』により、僕はリンスター公爵家の屋敷に滞在していた。勿論《もちろん》、ティナ達も一緒だ。

リディヤの私室隣の部屋には、先程まで『十日熱病』の仮説に対し、各家から魔法生物の小鳥が引っ切り無しにやって来ていたが、今はアトラの健やかな寝息の音だけ。

説明した後……大粒の涙を零《こぼ》していたエリーの顔を思い出し、暗い気持ちになる。グラハムさんから許可を事前に得たとはいえ、内に秘めておいた方が良かったのではないか。

……ローザ・ハワード様暗殺疑惑について、ティナとステラに話していないように。

黙考していると、極々控え目なノック。

アトラを起こさないよう、静音魔法を部分発動しながら返す。

「どうぞ。起きています」

「──失礼します」

ゆっくりと扉を半分ほど開け、顔を覗《のぞ》かせたのは寝間着姿のステラだった。

薄いケープを羽織り、髪をおろした薄蒼髪《うすあおがみ》の公女殿下が美しく微笑《ほほえ》む。

「こんばんは、アレン様」

「ステラ。忘れ物ですか？」

エリーは寝る直前まで僕と離れたがらず──他の子達もそんなメイドさんを気遣い、僕の部屋で他愛ないお喋《しゃべ》りをしていた。今晩は皆一緒の部屋で寝ている。

ステラがはにかみ、おずおずと尋ねてきた。

「明日の会議のせいか、目が冴《さ》えてしまって。……入ってもよろしいですか？」

みんなの前では大人びた対応をしていたこの子も、心を掻《か》き乱《みだ》されてしまったのだろう。

エリーの御両親の顔を覚えている、とも言っていた。魔法を教えてもらった、とも。

僕は席を立ち、片目を瞑《つぶ》る。

「ホットミルクでも入れましょう。座っていてください」

氷冷庫を開け硝子瓶《ガラスびん》に入った牛乳を取り出す。当初はなかったのに、幾度か滞在するにしたがって家具や備品は増えて行った。

炎の魔石に小ぶりの鍋を置いて牛乳を入れ、火を点火。

するとと公女殿下は僕の隣へ。体温を感じる。

「ステラ？」「……独りだと寂しいので。蜂蜜も入れてほしいです」

公女殿下は甘え混じりにそう呟いた。

棚から小さな陶器を取り出し、スプーンで蜂蜜を鍋へ投入。

「エリーは大丈夫でしたか？　あんな話の後なので……」

「ティナとリィネさんが、ずっと手を繋《つな》いでいました。今は三人並んで寝ています。カレンとフェリシアも昼間の疲れが出たみたいで、ぐっすりです」

「そうですか」

沸騰しないように鍋の中身を掻き混ぜ、適度な所で火を止める。

マグカップを二つ取り出し、それぞれにミルクを注ぐ。一つをステラへ渡し、注意。

「どうぞ。熱いので気を付けてください。座りましょうか」

「……はい♪」

テーブル上の書類や作成中の各報告書、ティナ達用の課題ノートを整えて木箱へ入れ、僕達は窓際《まどぎわ》の椅子に腰かけた。虚空《こくう》に浮かぶ魔法式にステラが目を見開く。

「これって」

「みんなの課題です。ようやく毎週見てあげられるようになったので」

少女は顔を顰《しか》め、息を吹きかけた後でホットミルクを一口飲み、マグカップをテーブルへ置いた。光片と闇片が散る中、魔力灯に照らされ公女殿下が静かに口を開く。

「――アレン様、私は今からお説教をしようと思います」

「ハ、ハイ」

不覚にも動揺してしまい、僕は視線を泳がせる。

穏やかな人程怒ると怖い、というのはカレンの言葉でいうところの『世界の理』だ。

「……私達の為に、夜遅くまで魔法や課題用のノートを作って下さることは嬉しいです。とてもとても嬉しいです。……けれど」

高貴な宝石のような瞳が揺れるのが分かった。……受け止めてあげないと駄目だな。

顔を戻し、ステラと目を合わす。

そこには確かな強さ。……同時に脆《もろ》さと弱さも。

「貴方《あなた》が無理無茶をして、病気になったり、倒れたりするのは……絶対に、絶対に嫌です。いったい、どれくらい調べないといけない事柄を抱えてらっしゃるんですか？」

「えーっと……」

言い淀むと、ステラが顔を伏せた。

「……私の症状を治す為に、竜人族の長の方へお願いを一つ使って下さったのは、震えるくらいに嬉《うれ》しかった。本当に、本当に――……嬉しかったんです。でも」

胸に自分の手を押し付け、まるで宣誓するかのように訴えてくる。

「もう少し御自身を労《いた》わってください。必要なら、私を、私達を頼ってください。……貴方の為なら頑張れます。リディヤさんやカレン、リリーさんにも負けたりしませんっ！」

僕ははっきりと答えず、窓の外に目を向けた。

そこには雲に隠れ、ぼんやりとした月影が浮かんでいる。

「ステラ、以前、王都の夜景を見に行ったのを覚えていますか？」

「はい。……忘れるわけありません」

ほんの数ヶ月前、目の前の少女は、様々なものに圧《お》し潰されそうになっていた。

ティナ、エリー、リィネの輝かしい才能と、自らの才能への不信。

親友であるカレンとフェリシアの強さ。

次期ハワード公爵としての重圧。

――あの頃のステラは、誰が見ても折れてしまいそうだった。

そんな少女を、僕は王都西方丘に聳《そび》える聖堂へ連れ出したのだ。

「あの時、僕はこう言いました――『ティナ達の行く末を見てみたい』、と。実際、ティナ、エリー、リィネの成長は目を見張る程です。カレンは『西方単騎行』の勇士として名を馳《は》せ、フェリシアは急成長中の商会を率いる番頭さん」

視線を戻し、僕は月灯《つきあか》りの下の美少女に笑いかける。

「そしてあの時、僕の隣で少しだけ拗《す》ねていた女の子もきちんと歩けるようになった。自分で言うのもなんですが、かなり誇れることだと思うんです」

「………アレン様」

不安そうに、ステラが手に力を込めるのが分かった。瞳に涙が溜《た》まっていく。

僕はハンカチを取り出し、優しく少女の涙を拭った。

「でもですね――……僕も、そんな君達を見ていたら、少しだけ欲が出て来てしまいました。『見てみたい』ではなく――『出来る限り共に歩み、手を引き、時には背中を押してあげたい』という、とても大それた欲が」

「……え？」

ステラが瞳を瞬《しばた》かせて意味を理解し、ぱぁぁぁ、と表情を明るくさせた。

泣き顔よりも、この顔の方がずっといい。

「王立学校を受験する前に父から教わったんです。『アレン、人は他者を変えられない。変えられるのはその人自身の意志なんだ。でも、その姿を誰かは見てくれている』と」

――確かにそうだった。入学試験当日に見つかる、とは思わなかったけど。

テーブル上の懐中時計が目に入った。

「だから、日々成長していく子達が『僕に教えてほしい』と言ってくれる限り、最善を尽くしたいんです。『十日熱病』の件も、『幼い頃のローザ様のメモ』の件も――もっと言えば、聖霊教の使徒や自称『聖女』への対策もその中に含まれているんですよ」

手が伸びてきて、細く白い指が僕の左頬に触れる。

不安そうに。けれど『言葉にしてほしい』という確かな感情が伝わってきた。

「『手を引いて、背中を押して下さる』――そこに、ハワードなのに、氷魔法が使えなくなった私は含まれていますか？」

……嗚呼《ああ》、やっぱり不安だったんだな。意識して明るく返す。

「勿論。一緒に秘密の夜景を共有した仲ですから。必ずその症状を治しましょう。誕生日のお祝いもしないとですね」

これから、みんなは続々と誕生日を迎えていく。

水都の花園の一件もあり、少々重圧も感じているのだ。

僕の顔を見て、ステラは口元を押さえて、上品に笑い、幸せそうに頷《うなず》いてくれた。

「はい。ありがとうございます、私の世界で一人しかいない『魔法使い』さん。誕生日、とても期待しています」

「……が、頑張ります」

二人して小さく笑い合う。

会話に間が生じ、アトラの規則正しい寝息が聞こえ――窓に小さな何かが当たった。

事情を知らないステラの身体《からだ》が、びくりと震える。

「！　な、何の音ですか？　まさか……」「幽霊かもですね」

僕は淡々と答え、ベッド付近に風属性の結界を静謐《せいひつ》発動。

動揺して前髪を折ったステラが立ち上がり、此方《こちら》側へ回り込み、僕の袖を摘まんだ。

「……ア、アレン様」

「ぷふっ」

ティナにそっくりな怯《おび》えた顔に思わず吹き出す。姉妹なんだなぁ。

公女殿下が僕にからかわれた、と気付き、怒気を発した。

「……アレン様ぁ？」

「種明かしをしましょうか。寒いので、良ければ僕の外套《がいとう》を羽織ってください」

謝りながら席を立ち、窓を大きく開ける。風がやや強い。

外套を肩にかけ、ステラも近づいて来た。

「……酷《ひど》いです。でも――……暖かいです」

声色程、怒ってはいないようだ。

植物魔法を発動し、庭からここまでの足場を作成。

——あっという間に、窓へ合図の小石をぶつけた紅髪《あかがみ》の美少女が駆け上がって来た。外套を羽織り、背中には紅髪の獣耳幼女リア。

僕の相方『剣姫』リディヤ・リンスターは部屋の中へ入り、まず幼女を降ろすと、ステラの姿を一瞥《いちべつ》した。

そして、僕へ詰め寄ると、指を胸へ突き付けてくる。

「……開けるの遅い。あと、何？　もしかして浮気《うわき》？？　斬られたいわけ？？」

「違うって。ステラがいるのは分かってたろ？　窓閉めるから、離れるように」

「グルル」

唸《うな》る美少女を押しのけ、窓を静かに閉める。

早くも外套を脱ぎ捨て、ベッドの上によじ登った紅髪の幼女が嬉しそうにはしゃぐ。

「アレン！　リア、きたー♪」

「こんばんは、可愛《かわい》い御姫様。アトラはもうおねむだから、しー、だよ？」

「うんー♪」

獣耳と尻尾を揺らしながら白髪幼女を覗《のぞ》き込むと、自分も毛布に入り込み、丸くなった。

僕が和んでいると、外套を掛けたリディヤがステラへ詰問《きつもん》し始める。

「で、一人で部屋を訪ねたことに対して釈明は？　言っておくけど、世界が滅んでも、アレンはあげないわよ？　あと、とっとと脱ぎなさいっ！　私が着るんだからっ！」

「……いや、着せるつもりは」

飛んで来た炎の短剣を消失させる。僕じゃなかったら死者が出る威力だ。

呆《あき》れ返《かえ》っていると、僕の外套を肩にかけたままのステラが小さく零《こぼ》した。

「……リディヤさんはズルいです」

「はぁ？」

怒気に呼応して炎羽《えんば》が舞い、煌《きら》めく光華とぶつかり合う。

薄蒼髪《うすあおがみ》の公女殿下が頬を大きく膨らませた。

「私も……私だって、夜中に小石を窓にぶつけて、アレン様の御部屋の中へ入れてもらいたいです。こんなの、恋物語みたいじゃないですかっ！」

「あらあら——ふふふ。私は、アレンの下宿先でもしたことがあるし、逆にアレンに窓へ小石をぶつけて合図されたこともあるわ♪」

「……ほんとにズルいです」

二人の公女殿下が仲良く？　じゃれ合い始める。大喧嘩《おおげんか》にはならなそうだ。

平然と僕のマグカップを手にして、中身を呑《の》んだリディヤは「そ、それは……！」と動転している薄蒼髪の公女殿下を見つめ、淡々と確認してきた。

「ステラが此処《ここ》にいるということは……エリーの両親の件を話したのね？」

「うん、そっちは？　ユースティンの皇女は何て？」

リディヤとシェリルが教授と共に、ヤナ・ユースティン皇女と非公式の会談を持ったことは、連絡を受けている。

——内容は無論、『花竜の託宣』について。

紅髪の少女は瞳に強い戦意。

「ヤナ自身に知識らしい知識はなかったけれど……興味深いことが聞けたわ。幼い頃、皇宮の極一部で語られた噂話《うわさばなし》を。ねぇ？　月神教の紋章を持つ、恐るべき氷魔法を使う『賢者』が帝都禁書庫に忍び込もうとし、前『勇者』オーレリア・アルヴァーンに撃退されたなんて話を信じられる？　しかも、退いて行く際、そいつはこう言ったそうよ」

リディヤが僕と視線を合わせた。

「『此処で奪えなくとも別に構わぬ。【記録者】の物を奪えば事足りる』」

再び雲が月を覆い隠し、部屋に闇が忍び寄って来た。短くリディヤへ質問。

「時期は？」

「王都で『十日熱病』が発生する三年前。今から、十四年前ね」

「……十四年」「……アレン様」

ステラが心配そうに僕の名を呼んだ。

仮に『賢者』が術者だったとして……帝都で目的を達成出来なかったその後、王国内では何があった？

東都でルパード元伯が獣人の女の子──『アトラ』を事故死させ追放処分。

『十日熱病』が王都を襲い死者多数。

エリーの御両親が王都で亡《な》くなり、後を追うようにローザ・ハワード様も。

僕とリディヤは王立学校入学以来、黒竜、『悪魔』、吸血鬼の真祖と王都で立て続けに戦った。南方で千年を生きた魔獣『針海』とも。

先だっては、四大公爵家の一角であるオルグレン家が担《かつ》がれたとはいえ叛乱《はんらん》。

水都での事件も加わる。

幾ら何でも頻発し過ぎじゃ──……戦慄が走り、リディヤを見つめる。

マグカップをテーブルへ置き、紅髪の少女は首肯した。

「これって各国で起こったことが全部連動しているんじゃないかしら？　……今の情勢と同じように、ね」

＊

「アレン、ステラ嬢、エリー嬢、こっちだ」


翌日、王都リンスター公爵家屋敷《やしき》の大会議場。

円卓の設置された部屋に足を踏み入れると、僕達は入り口近くの椅子に座っていた教授にすぐ声をかけられた。シフォンとアンコさんは別室のようだ。

ティナ達は別室で、アトラ、リアと一緒に待機している。

奥の玉座傍《そば》には、金髪の青年――自らを『餌』とし、群がってきた日和見主義な貴族守旧派を一掃する策を実行させたジョン・ウェインライト元王太子殿下。

その隣にいるのは、左の片眼鏡と白髭《しらひげ》が印象的で、ゆったりとした魔法士のローブを身に着け、冷たい目をした壮年の男性――王宮魔法士筆頭ゲルハルト・ガードナー。

出席する、と聞いていたガードナー、クロムの両侯爵の姿はない。

……欠席？　この期に及んで？？

　玉座に最も近い席に座っていたシェリルが普段の格好の僕に気付き、此方へ歩いて来る。後方にはリディヤがお澄まし顔で追随。

　教授に近くへ座るよう手で指示されたので、僕は白の魔法衣姿のステラと、王立学校の制服姿のエリーに挟まれる形で着席した。

「……君達をこのような場に出したくはなかった。ああ、守護は御老体がして下さっている。飛空艇に乗ったつもりでいていいよ」

「教授、そんな絵本で書かれた乗り物を持ち出されても……あと、落ちます」

　僕は苦笑しながら、魔力を探る。見事な静謐性《せいひつせい》。エリーの教材にしたい。

　シェリルが僕の席の背もたれに手をかけ説明を補足してくれる。

「御父様のたっての希望だったのよ。『当事者達も出席させるべき』って。席も自由で良《い》いと思うのに……。アレン、また後で」

　名残惜しそうに王女殿下は手を離した。振り向き、長い金髪の美少女へ頷く。

「うん。僕も沢山相談したいことがあるんだ。昨夜の埋め合わせもしないとだしね」

　純白のスカートを靡《なび》かせ、シェリルが半回転。瞳を輝かせて、両手を握り締める。

「！　ア、アレン……任せてっ！　全ての予定を悉《ことごと》く薙《な》ぎ払《はら》い、万難を排して時間を作って――リ、リディヤっ！　は、離して、離してぇぇぇ！！！！」

「王女殿下、席はあちらです。行きますよ」

淡々とした口調で、紅髪公女殿下が金髪の王女殿下を豪奢《ごうしゃ》な席へと引《ひ》き摺《ず》っていく。

エリー、ステラと目を合わせ苦笑していると、扉を警護役の若い近衛《このえ》騎士が開いた。

僕達は一斉に立ち上がり、深々と頭を下げる。

「良い。極めて重要な会議ではあるが畏縮してもらっても困る。皆、座ってくれ」

穏やかさの中にも隠しようのない威厳。

顔を上げると、白交じりの金髪で、筋骨隆々の男性が玉座に腰かけようとしていた。頭には黄金の冠。白を基調とした煌びやかな服装――ジェスパー・ウェイライン国王陛下だ。

ワルター・ハワード、リアム・リンスター、レオ・ルブフェーラの三公爵殿下、『翠風《すいふう》』レティシア・ルブフェーラ様がその後に続く。ギルは召喚されなかったか。

異例なことに護衛役はいない。強いて言えば、リディヤだけか。

国王陛下が僕と視線を合わせ、親し気に話しかけてこられた。

「久しいな、アレン。活躍は聞いている」

「……はっ」

短い応答。下手なことを言うと、後から面倒なことになりかねない。

三公爵殿下が訝《いぶか》し気に問われる。

「ガードナー侯とクロム侯の姿が見えないようだが？」

「今日の主議題は『花竜の託宣』及び『十日熱病』に関する両家の関係性——当事者の両侯がいないとは如何《いか》なる仕儀か？」

「王宮魔法士筆頭殿。御説明願いたい。昨週、直接会ったのだろう？」

声色ははっきりと冷たい。エリーとステラが身体《からだ》を硬くする。

だが、ゲルハルトは動じず、一切の感情を込めずに回答した。

「両侯は急な病にて、本日は参られません。後継者殿達も若輩の為《ため》、異例ではありますが、私に全てを委任されました。まず——先日届けられました、両侯爵家と十一年前に起きた『十日熱病』との関係性を問うものですが、それについては明確に否定致します。また、王都失陥時において封印書庫へ何者かが入り込んだことも絶対にございません。あの場所へ、最後に人が降り立ったのは両侯が家を継いだ五十数年前のことです」

「なっ……」「奇怪な話だ」「そうまでして、出て来たくない、と」

ワルター様が絶句し、リアム様の瞳に炎が揺らぎ、レオ様が美麗な顔を歪《ゆが》ませる。

陛下が左手を掲げられた。

「ワルター、リアム、レオ、そう怒るな。聖霊教の手が及んでいない、というならばそれは王国にとって有益な話だ。何より……ゲルハルトを責めても仕方あるまい？」

「「「……はっ」」」「申し訳ございません」

三公爵殿下が引き下がり、ゲルハルトも形ばかりの謝罪を口にした。

教授が、僕達をこの場に出席させたくなかったわけだ。政治的な暗闘を見せたくなかったのだろう。

玉座の肘掛に手を置かれ、陛下がエルフの美女へ指示される。

「レティ、花竜の託宣内容を今一度頼む。普段の口調で構わんよ」

「――有難《ありがた》く」

ニヤリ、とされレティ様が立ち上がられ、託宣を詠《うた》って下さる。

「【星射《う》ち】の娘に尋ね、【楯《たて》】の都――【記録者】の書庫を『最後の鍵』『白の聖女』『大樹守りの幼子』で降りよ。深部にて汝等《なんじら》は邂逅《かいこう》せん。矮小《わいしょう》なる人族の執念に』――以上が、花の谷で竜人族の巫女《みこ》、アアテナ・イオが受けた託宣となる」

座ったまま教授が後を引き取られる。

陛下の魔法の師らしく、非公式の会議なこともあってか口調も普段通りだ。

「『星射ち』の娘――現ユースティン家の中で、唯一『弓』の才があるヤナ・ユースティン皇女殿下との会談は既に終わった。内容は手元の資料で確認してほしい」

走り読みする――昨晩、リディヤから聞いた内容と同じだ。

三公爵殿下が厳しい口調でゲルハルトへ迫る。

「王宮魔法士筆頭殿。ガードナーの家を離れて久しい、貴殿を責める気はない」

「だが――花竜は巫女の前に直接降臨を果たしたと聞いている」

「これは約百年ぶりの事だ。尋常のソレではないっ！　『花賢』の分析により、該当者となる、ステラ・ハワード、エリー・ウォーカー」

レティ様が何処《どこ》か誇らし気に口にされる。

「『流星』のアレンの封印書庫立ち入りを認めよ。クロムとガードナーが、慣例と法を順守しておるのは分かっておる。両侯が反対するのなら、我からも説得しようぞ」

「ゲルハルト、どうか？　【記録者】という、今では殆《ほとん》どの者が知らぬであろう古の称号が示されたあたり、欺瞞《ぎまん》ではないと考えるが」

間髪を容《い》れず陛下も意見を求められた。会議場内の空気が張り詰め、息が詰まる。

「…………ステラ・ハワード公女殿下、エリー・ウォーカーの立ち入りに異存はありません。両侯からも特例として許可をいただいております」

やがて、ゲルハルトは重い口を開いた。両隣の少女達が目を見開く。

以前よりも――格段に白髪の増えた王宮魔法士筆頭の感情の乏しい目が僕を捉えた。

「ですが、もう一人の者の立ち入りは、断固として拒否致します」

『っ！』

会議場内が大きくざわついた。名前すらも呼ぶ価値がない、か。

リディヤの瞳に憤怒《ふんぬ》の業火《ごうか》が宿ったので、魔力で伝える。

『落ち着いて、冷静に』

ゲルハルトが頭を振って、弁明した。

「誤解なきよう申し添えておきますが……私は、そこに座る者に対して恨み、憎しみなぞございません。さりながら、如何《いか》な『花竜の託宣』が降りたとはいえ――法は法。建国以来、ガードナー家とクロム家が管理せし、封印書庫に『姓無し』や獣人が立ち入ったことはありません。まして、その者は無官。両侯も『それだけはまかりならぬ』と」

「……貴殿は」「……ほぉ」「……まるで分かっておらぬっ」

ワルター様、リアム様、レオ様が強い憤《いきどお》りを露《あら》わにし、円卓を激しく叩《たた》かれた。

レティ様は沈黙されているものの、双眸《そうぼう》は凍える程冷たい。

滅多に人を責めないエリーですら「……酷《ひど》い」小さく零《こぼ》す。

僕自身は王立学校以来、散々言われてきた言葉の焼き直しに過ぎないので、考える余裕がある。……建国以来、『姓無し』と獣人の立ち入りを許さない。どうしてだ？

ステラの手が力を入れ過ぎて白くなり、リディヤは顔を伏せ、わなわなと身体を震わせている。『誓約』を通して囁《ささや》きまでもはっきりと聴こえてきた。

『……………斬って、燃やして、斬ってやる………』

いざという時は止めないと――教授が難詰《なんきつ》する。

「つまり……絶対にアレンを入れる気はない、そう言いたいのかな？　王宮魔法士筆頭殿ゲルハルト・ガードナー殿は？　彼の功績を認める気は一切ない、と？」

「小さな穴でも堅牢《けんろう》な堤を決壊させ得る。前王宮魔法士筆頭殿ならば知らぬわけではあるまい。功績を考慮したとしても、それは公的な立場を得ての話だ」

冷たい声色が更に冷たくなり、最後は吐き捨てるような口調となる。

……これは無理だ。

エリーとステラの許可が出たのなら、護衛役としてリディヤかリリーさんの同行許可を交渉した方が無難だろう。

僕が教授へそう伝えようとした――正にその時だった。

「では――アレンに公的な立場が存在すれば良いのですね？」

突如、シェリル・ウェインライト王女殿下が議論へと参戦してきた。

ゲルハルトの顔に困惑が一瞬表れ、すぐに消える。

「……その通りです。しかし、獣人族と『姓無し』の登用には、四大公爵家のみならず、各貴族当主の推薦がある程度必要となります。昨今殆ど使われておらず、厳密に数も定められておりませんが、法は生きております。急場にそのようなこと」

「――失礼致します」

入り口の扉は大きく開かれ、長い紅髪《あかがみ》で、淡い同色のドレスを身に纏《まと》った美少女が入って来た。後方にいるのは……『アレン商会』付のメイドさん達？

スカートの両裾を摘まみ、美少女が優雅な礼。前髪の花飾りと左手の腕輪が光を放つ。

「リュカ・リンスターが長女、リリーと申します。王女殿下の御用命により、書面をお届けにあがりました――みんな、お願い」

『はいっ！』

メイドさん達が両手に抱えた書類をシェリルの前の円卓に重ねていく。

僕とリディヤ、ゲルハルト、陛下、ジョン王子の顔に戸惑いが生まれた。

他の方々――エリー、ステラにとっても予定調和だったようで、平静を保っている。

……何を持ち込んだんだ？

「あ！」

リディヤが何かを察したようで目を見開き、口元を押さえ愕然《がくぜん》とした。

陛下が短く問われた。

「シェリル、その紙は？」

金髪を煌《きら》めかせ同期生が立ち上がり、会議場内を見渡した。

「この書面は四大公爵と、公爵家に列なる家々当主による、アレン登用の推薦状となります。また、東都獣人族の各族長からの嘆願状もここに」

「はぁ！？！！！」「……馬鹿な」「……やっぱり」

僕は驚愕《きょうがく》し、ゲルハルトが困惑を深め、リディヤは額を押さえた。

フィアーヌ様とリサ様の顔が浮かんだ。……まさか、あの方達も知って⁉

政治的奇襲を喰《く》らった王宮魔法士筆頭は、歯を食い縛って反論しようとし、

「…………ですが」「ゲルハルト、これ以上は無理だよ。法は法だ」

ジョン王子が、状況を面白がりながら制された。

胸を張り、シェリルが自分の考えを述べる。

「登用に関して、慎重な検討は必要です。同時に、無官故の立ち入り不許可を強弁するならば、推薦のサインをした家々と、東都獣人族へ説明をする責任もまた発生します。アレンは一連の事件において、比類なき武功を積み重ねました。世の人々は私達がどう評するかを見ています。……まして、獣人族は血を流しているのです。ゲルハルト、貴方《あなた》がそれでも肩書を気にされるのであれば」

長い金髪を煌めかせ、美しい王女殿下の眼《め》がはっきり、と僕を捉えた。

「狼族『流星』、のアレン。貴方を私――ウェインライト王国次期王位継承予定者シェリルの専属調査官に任じます。……これでも足りませんか？」

永遠とも思える沈黙の後、王宮魔法士筆頭ゲルハルト・ガードナーは遂《つい》に折れた。

「……畏《かしこ》まりました。その者の封印書庫への立ち入り、委任を受けた私の判断により、此《こ》度《たび》だけは許可致します」

シェリルとリリーさんが手を合わせ、頷《うなず》き合い、エリーとステラが頬を上気させる。

状況の激変に付いていけていない僕とリディヤを余所目《よそめ》に、陛下が命じられた。

「決まったようだな。――アレン！　二人を伴い、この後すぐに封印書庫へ入り、結果を全て報告せよ！　ゲルハルト、急ぎ準備を整えてくれ。三公爵とレティ、教授以外は下がって良い。皆、御苦労であった」

＊

「アレン様、到着いたします」

車を運転してくれている初老の紳士――ハワード公爵家執事長にして『深淵《しんえん》』の異名を持つグラハム・ウォーカーさんが、僕へ注意を促した。

通りの先に見えて来たのは、巨大な石壁に覆われた古めかしい屋敷《やしき》。正門は鈍く光る金属製で、全ての窓に鉄格子《てつごうし》が付けられ、物々しさと厳《いか》めしさを隠そうともしていない。

数ある大貴族の邸宅の中でも明らかに異質。

王宮近くの為、住民の姿も殆どなく、警備を行っている『紅備《あかぞな》え』が余計に目立つ。

……まるで要塞だな。アトラを預けてきて正解だった。

クロム、ガードナー両侯爵家が共同管理し、普段は固く門を閉じているという封印書庫を見て僕はそんな感想を抱いた。

「ス、ステラ御嬢様《おじょうさま》」「大丈夫よ、エリー」

後ろの席では、年下メイドさんが怯《おび》え、薄蒼髪《うすあおがみ》の公女殿下が手を握っている。

追走して来ているもう一台の車中でも、籤引《くじび》き争いを制し、『即応班』という名目で、封印書庫近くで待機することになったティナとリリーさんが話し合っていることだろう。

運転手を務めてくれている、ハワード家執事、ロラン・ウォーカーさんは大丈夫だろうか。荒れ狂うリディヤと勝ち誇るシェリルを見て、真っ青になっていたけれど。

それにしても、専属調査官かぁ…………王女殿下には参る。

車が屋敷の前に停車。一斉にリンスターの騎士と兵士達が敬礼した。

先頭にいるのは誰あろう、トビア・イブリン伯爵だ。

僕が先に外へ出て、ぎこちなく返礼すると、楽しそうに警備へ戻って行った。

小さな溜め息《たいき》を吐き、後ろの扉を開け、手を差し出す。

「エリー、ステラ」

「は、はひっ」「……はい」

少女達が転ばないよう手を取り、外へ。

すぐに「エリー～」「ステラ御嬢様～」、ティナとリリーさんも駆け寄って来た。

僕はそんな少女達を微笑《ほほえ》ましく思い、最後に出て来られた紳士へ頭を下げる。

「グラハムさん、助かりました。……それと」「アレン様」

謝罪の言葉は途中で遮られ、虚空《こくう》へ消える。

重厚で寒々しい正門が音を立てて開き始める中、ハワード公爵家を長年に亘《わた》り支え続けている、北方を代表する名家の当主が、信じられないくらい深々と僕へ頭を下げた。

「——……有難《ありがと》うございました。真《まこと》に有難うございましたっ」

「え？」「っ！」

余りの出来事にやや離れた場所に車を停《と》めた、ロランさんの驚きも伝わってくる。

僕は慌てて、グラハムさんを制止した、

「い、いえ、謝らないといけないのは、エリーへ御両親の話をした僕の方で……」

「何《いず》れ話さねばならぬことです。なれば、早い方が良《い》い。妻も同意見でしょう」

「ですが……」

真実を教える、とは一見良い言葉だ。

けれど、それは同時に大事な人の過去を暴《あば》く行為でもある。

……ゼルもきっとそうだったんだろうな。

僕が亡《な》き親友を思い返していると、グラハムさんが灰色の天を仰がれた。

「以前、北都にて妻のシェリーがお話ししたかと思いますが……娘と息子が亡くなった後、私達は全力で情報を収集致しました。当時、遺骨はおろか、遺品すらも戻って来ず……。ただ『両者共、亡くなった』としか。場所、時刻すらも曖昧だったのです」

エリーの御両親は医者だったという。

御二人は猖獗《しょうけつ》を極める王都を一度脱出するも、医者の本分を全うする為、舞い戻り、命を落とされた。

……幼い一人娘だけを遺《のこ》して。

冷静沈着なグラハムさんが、激情を露わにされる。

「ですが——……何一つ、何一つとしてっ！　新たな情報は得られませんでした。アレン様。貴方様が入手して下さったものは……私と妻が望み、どうしても得られなかったものなのでございます。『膨大』という言葉を超える、大学校の廃棄予定資料その全てに改めて当たる……どれ程の偉業か！　貴方様がいなければ、成し得なかったことでしょう」

「後輩達が優秀だっただけです。僕は何も」

謙遜なんかじゃない。僕は示唆をし、力を借りただけなのだ。

グラハムさんが顔を歪《ゆが》ませ、ずっと抱え続けたものを吐露される。

「……私も妻も……ただ知りたいだけなのですっ。娘と息子の死の真相をっ！　それがたとえ、私達に……何よりエリーにとって、苛烈なものであろうともっ。今のあの子ならば、受け止められる、と信じております」

『深淵』グラハム・ウォーカーが居ずまいを正す。

「もしも、私共の力が必要ならば何なりと仰《おっしゃ》ってください。我等は『ウォーカー』――恩義がどれ程重いかを知る者でございます」

僕は小さく頷いた。同時に――話をしているティナとエリー、そんな二人を見守るステラとリリーさんを見て強く願う。

……『ウォーカー』の力を借りるような事態に、どうかなりませんように。

半瞬だけ自分に祈ることを許し、グラハムさんへ誓う。

「父と母の名に懸けて、最善を尽くします」

すると、孫娘とハワード姉妹へ慈愛の目線を向け、執事長は頭を振った。

「いいえ、貴方様は常に最善を尽くされております。御身に何かあらば、王国の未来に暗い影が差しましょう。どうか、くれぐれも御自愛を。ステラ御嬢様とティナ御嬢様、そして、エリーをよろしくお願い致します」

正門前へ歩いて行くと、ティナとエリーが真っ先に駆け寄って来た。外套《がいとう》が靡《なび》く。

「先生～」「ア、アレン先生」

既に門は開き、奥から魔法衣姿のエルフと赤髪赤髭《あかひげ》の偉丈夫——先んじて到着していたらしい学校長とリュカ・リンスター副公爵殿下が歩いて来るのが見えた。

いる、と聞いていたリチャードと近衛《このえ》騎士団の姿はない。屋敷の中だろう。

杖《つえ》を背負った薄蒼髪の公女殿下と年下メイドさんが僕の前で止まり。聞いてきた。

「グラハムと何を話していたんですか？」「わ、私のことで怒って……？」

僕は苦笑し、やや遅れて歩いて来るステラとリリーさんにも聴こえるよう話す。

「違いますよ。『少しばかり働き過ぎでは……？』とお小言をもらっただけです」

「あ、なるほどっ！」「御祖父《おじい》ちゃん、正解ですっ！」

……教え子達の僕に対する評価がおかしい。

悩んでいると、ステラとリリーさんが提案してきた。

「アレン様にはお休みいただきたいですね。……今度、私が監視してでも」

「今回の件が一段落したら、数日間強制的にお休みですね～。その間は、私が下宿先に泊まって、お料理とお掃除と、ぜ～んぶ、してあげますぅ♪」

「ゆ、有罪ですっ！」「だ、駄目ですっ！」「……リリーさん？」

あっという間に、何時《いつ》ものやり取りが始まった。

リリーさんが下宿先に来るのは阻止しないとな。入り浸りそうだし。

「……君の周りは何時も騒がしいな」「……私は許可せんぞっ！」

正門を潜《くぐ》り抜《ぬ》け、学校長とリュカ様が到着された。

邸宅の敷地《しきち》内では、ベルトランを始め見知った近衛騎士達が整列を開始している。

「静かより良いですよ。……部隊を配置し過ぎでは？」

声を潜め、気になっていたことを指摘する。

武勲名高き『紅備え』に王都の撤退戦と東都の防衛戦で名を挙げた近衛騎士団。

そこに『大魔導』ロッド卿《きょう》に、リュカ・リンスター副公爵殿下。

『深淵』グラハム・ウォーカーにティナとリリーさんも後詰として待機。

表向き、僕達は封印書庫へ入るだけ。クロム、ガードナーに警戒されはしまいか？

御二人が顔を顰《しか》められた。

「これでも減らした」「志願者ばかりだった。……相手が相手だ」

許可を出したとはいえ、ゲルハルト・ガードナーは信用出来ない、と。

グラハムさんが布に包まれた長物を持って歩いて来た。

「ステラ御嬢様、どうぞ此方《こちら》をお持ちになってください」

「……私に？」

恐る恐る受け取った白衣の公女殿下が布を取ると、現れたのは光の宝珠の埋め込まれた木製の長杖だった。かなりの代物なのは触れなくても分かる。

ステラが驚き尋ねた。

「グラハム、この杖は？」

「旦那様が、御嬢様の症状を鑑《かんが》み用意された物でございます。『短杖だけではな」と」

「御父様が……」

顔を伏せ、少女は杖を抱きかかえた。

僕が温かい気持ちに浸っていると、右袖を引っ張られた。

「——……先生、先生」

「？　何ですか、ティナ？？」

耳を近づけると、ハワード公爵家の天才次女様が提案。

「魔力を繋《つな》いでくれませんか？　何かあった時の為——……」「却下します」

「む～！　何でですかっ!!」

氷羽が舞い、右手の紋章が明滅する。

指を鳴らして抑え、少女に襟元につけた紋章を見せる。

「戦場に行くわけじゃありませんよ。通信宝珠も持って行きますしね」

「でも、でも……きゃっ！」「ティナ御嬢様～★」

もう完全に普段の様子を取り戻したリリーさんがティナを抱きしめた。

胸に少女を埋めながら、ニコニコ。

「抜け駆けは禁止ですよぉ～？　大丈夫です。いざという時は助けに行きましょう」

「……リリーさん。はい。で、でも、抱きしめないでくださいっ！」

「え～？　嫌ですぅっ～♪　ぎゅ～☆」

「くぅっ！　こ、こんな時……こんな時、同志がいてくれたらっ！」

ますます抱きしめられてしまったティナが、『勇者』様を懐《なつ》かしがる。

学校長とリュカ様は「では」「先に行く」と踵《きびす》を返され、要塞の如《ごと》き屋敷《やしき》へ。

僕は手を叩《たた》き、少女達の視線を集めた。

「エリー、ステラ、僕達も行きましょう。ティナ、リリーさん、また後程。グラハムさん、みんなをよろしくお願いします」

＊

屋敷の中に人気はなく、空気は冷えきっていた。

学校長とリュカ様を先頭に、最低限の魔力灯で照らされる広くがらんとした廊下を進んでいく。普段人はいないというが、埃《ほこり》一つない程、整理整頓は行き届いている。

僕の後ろを歩いていたエリーが小走りで近づき、右側から僕を不安そうに見上げた。

……逆に不気味だな。

「ア、アレン先生、手を繋いでもらっても、いいですか……？」

「勿論《もちろん》。ちょっと寒いですし、温かくしましょう」

「！　は、はひっ♪」

年下メイドと手を繋ぎ、周囲の温度を調整。探知魔法も静謐《せいひつ》発動する。

邸内にいるのは二十数名の近衛騎士達。他にリチャードとその傍《そば》に騎士が一人。

そして……ゲルハルト・ガードナー。部下を一人も伴っていない。

訝《いぶか》しく思っていると、地下部分の探知が未知の結界に弾《はじ》かれる。

規模は軍の大規模拠点以上か。

情報を頭の中で整理していると、ステラが左側へ。

「…………」

無言のまま、僕の袖をほんの少しだけ摘まんだ。妹同然のエリーや、学校長達がいる前ではこれが限界らしい。

やがて——開け放たれた分厚い扉と、その奥に石畳の広場が見えて来た。

位置としては屋敷の中央部。

広場の真ん中では、赤髪の近衛副長と見るからに冷静そうな近衛騎士が会話を交わし、ゲルハルト・ガードナーは長杖を持ったまま僕達の到着を待っている。

扉を抜けると、いち早く赤髪副長が気付き、僕の名前を呼んだ。

「アレン、こっちだよ」

「リチャード、御苦労様です」

広場の石畳は明らかに古い物だった。

わざわざこれを残した上で、建物は後から造ったのか？

エリーとステラも同じ感想を持ったらしく、破損した石壁を見つめている。

ゲルハルトが苦々しさを隠そうともせず、口を開く。

「……揃《そろ》ったようだな」

長杖で広場の中央部に埋め込まれていた石板を突くと、広場全体が淡い光を放ち、中央部に新たな地下への螺旋《らせん》階段が現れてゆく。

慎重に魔力を探るも、聖霊教使徒や他の存在の魔力は感知出来ない。学校長も同様のようだ。クロム、ガードナー両侯が言うように、開けるのはやはり五十数年ぶりか？

エリーの両親と関係があると思ったのは僕の勘違い――。

「初めに言っておく。この封印書庫は生きている。……降りるとしよう」

ゲルハルトが石製の螺旋階段を降り始めた。僕達も頷《うなず》き合い、後へと続く。

足音と、杖が地面を叩く音だけが木霊《こだま》する中を降《くだ》っていき、底へ。

……此処《ここ》は……。

「綺麗《きれい》な所……アレン先生？」「どうかされましたか？」

僕が立ち尽くすのを見て、エリーとステラが不思議そうに見上げて来た。

円形広場。周囲には七本の石柱。そして――ゲルハルトが立つ場所から感じる魔力。

似ている……水都の旧聖堂に。

魔力灯によって照らされる地下広場を見渡し、リュカ様が疑問を呈される。

「何もないではないか？　これの何処《どこ》が書庫なのだ？」「……確かに、見えぬな」

学校長も零《こぼ》され、考え込まれた。

赤髪副長が幾度も小首を傾《かし》げるのを、冷静そうな近衛騎士が見咎《みとが》める。

「リチャード？　どうした？」

「レナウン……この広場、ジェラルドを追っていた際、突入したルパード元伯の屋敷地下に似ている気がするんだ。関係性があるとは思えないんだけどさ」

「ルパード元伯、ですか……」

胸に鈍い痛みが走った。かつて、僕の幼馴染《おさななじみ》を馬車で轢《ひ》き殺《ころ》した男の姓だ。

……まさか、こんな所で聞くなんて。

「アレン先生？」「アレン様？」

エリーとステラが僕の気持ちを敏感に感じ取る。いけない。

二人へ返す前に、ゲルハルトの冷たい声が広場に反響した。

「……後ろへ」

再び長杖で中央部に触れると、七本の柱が光を発し、ぼんやりとした『扉』を出現させた。学校長へ目配せすると、微《かす》かに頭を振られる。

『大魔導』様が知らない魔法、か。ここでも魔力の痕跡を探るも、何も感じ取れない。

ゲルハルトが振り返った。

「此処より先は、クロムが各地より『集め』、ガードナーが遺《のこ》してきた『記録』の地となる。ステラ・ハワード公女殿下。エリー・ウォーカー殿……そして」

冷たい……余りにも冷たい瞳で僕を見る。

「付き添いの青年も前へ」

「王宮魔法士筆頭殿、その言い分は――」「リチャード」

赤髪副長が憤慨するのを、レナウンと呼ばれた騎士が押し留《とど》める。

そんな二人の近衛騎士《このえ》に対し、ゲルハルトは冷酷に説明を継続。

「『扉』を潜ると巨大な広場に降り、中央にある石板で書物を呼び出す仕組み、と聞いている。そこで、ステラ・ハワード公女殿下の件を尋ねれば良い」

「……アレン」「我等はこの場で帰りを待つ」「通信宝珠は絶対に切らないように」

学校長とリュカ様が重々しく宣言され、リチャードが僕の肩を叩いた。

東都の激戦場を共にした戦友がいてくれるのは心強い。

エリーとステラと目を合わせ、大きく頷く。最初に潜ろうとすると、

「い、行きますっ！」

年下メイドさんが緊張した様子で先陣を切った。

「次は私が」

長杖《ちょうじょう》を手にした薄蒼髪《うすあおがみ》の公女殿下がその後に続く。……先を越されてしまったか。

二人の魔力は感じ取れる。異空間へ飛ばされる類の仕掛けじゃなさそうだ。

僕も歩を進め、追いかけようとし――立ち止まり、

「……最後に一つだけ」

肩越しにゲルハルト・ガードナーと視線を交差させる。

「王宮魔法士筆頭様にお聞きしておきたいのですが……どうして、そこまで『姓無し』と

獣人を毛嫌いされて？　僕は貴方《あなた》に対して何かをした覚えはありませんが……」

広場の空気が張り詰める。『姓無し』と獣人族に対する差別は長年続いているが『どうして』かを答えられる人に会ったことがない。

老人は僕と視線を合わせていたが……先に顔を伏せた。絞り出すような回答。

「……誓って、私怨《しえん》ではない。『姓無し』と獣人を信用するべからず。彼の者は人の怨敵である』。我等は家祖の遺訓を守っている。それ以上でもそれ以下でもない」

遺訓、か……。ガードナー侯爵家は古い家柄。

その家祖ともなると、史書ですら追えないな。深く息を吐き、僕は頭を下げた。

「教えていただき有難《ありがと》うございました。行って来ます」

＊

「――……え？」

ぼんやりとした『扉』を潜《くぐ》り抜《ぬ》けた僕は次の瞬間、巨大な円形舞台の上に立っていた。

ぐるりと立ち並ぶ七本の石柱は半ばから破壊され、見るも無残だ。広さは王立学校の演習場と同程度に見える。……先に入ったエリーとステラの姿が見えない。

虚空《こくう》から魔杖『銀華《ぎんか》』を取り出し、雷属性中期魔法『雷神探波』を全周発動。

……誰もいない。

空中を漂っている魔力灯？　が明滅した。東都大樹の翡翠《ひすい》光とよく似ている。

舞台の素材は硬質な石のようだが、所々から植物の枝や根が突き出していた。

――王都の大樹だ。水都神域に近い感覚を覚える。

他にも大きな破損箇所《かしょ》があるところを見ると、激しい戦闘があったとするしかない。

大きな魔法を使ったのか、微かに……ほんの微かに魔力の残滓《ざんし》も感じ取れる。

人数は――……二人。いや、三人か。

信じ難《がた》い程の静謐性《せいひっせい》。これでは、侵入したかどうかなど事前に分かる筈《はず》もない。

ふと、以前聞いたシェリー・ウォーカーさんの言葉が蘇《よみがえ》る。

『娘と息子は、とても静かに魔法を扱いました』

……じゃあ、もう一人は誰だ？

辺りを見渡すと、舞台を囲む深い四方の谷の先には、規則的に立ち並ぶ無数の巨大な棚、棚、棚。足下から遥《はる》か天井まで、びっしりと書物が詰め込まれているようだ。

棚と棚を縫うように階段と通路がまるで迷宮のように張り巡らされ、天井や壁も明らかに人の手が加わっているのが分かった。

ただし、至る所が破損。棚も過半が倒れ、古書や報告書が積み上がっている。

胸がざわつく。

……この書庫、『生きて』いるのか？

「きゃっ！」

僕の後方から少女達の悲鳴が聞こえた。

慌てて振り返ると、エリーとステラは手を取り合ってへたり込んでいた。

「二人共良かった。怪我《けが》はありませんか？」

一先《ひとま》ずホッとし、近寄ると、少女達は周囲を見渡し呆気《あっけ》に取られている。

「ア、アレン先生……」「アレン様……此処はいったい？」

「……封印書庫、なんでしょうね。『扉』を潜ったら跳ばされました」

「わ、私達は、真っ黒な空間でした。上も下も見えませんでした」

「ただ、淡い光も無数に飛んでいて……アレン様が、王立学校の教室で見せて下さった天球図の中に入り込んだみたいでした。エリーと二人で踏み出した途端──此処に」

「天球図……ですか………」

アトラに手を引かれ、僕が四英海《しえいかい》の遺跡で見た光景と同じ？

『炎魔《えんま》の封』――記憶の片隅にあった単語が思い出された途端、右手薬指の指輪が『私じゃないわよっ！』と抗議するかのように明滅した。気を取り直し、少女達へ告げる。

「通信宝珠が使えるかを試してみます。エリーは周囲の探索を。ステラは僕から離れないでください。安全が確認され次第、此処が最深部なのかを調べましょう」

「は、はひっ！」

エリーは元気よく返事をすると、円形舞台の端へと駆け出していった。

思うように身体強化魔法の使えないステラが僕の左腕を強く抱きしめ「……すいません」と小さく呟《つぶや》いた。自分の不甲斐《ふがい》なさに歯噛《はが》みしているようだ。

谷底を覗《のぞ》き込もうとしているエリーに目を配りつつ、僕は通信宝珠に話しかけた。

「学校長、聴こえますか？」

『――……ああ、大分遠いが聴こえる。アレン。そっちはどうだ？』

ステラと顔を見合わせる。通信は繋《つな》がるようだ。

白衣の公女殿下が長杖を振り、『光神散鏡《こうじんさんきょう》』を発動。微細な光の粒が舞台全体に躍る。

ティナ用に僕が創った魔法の小改良版だが、もう習得したらしい。

称賛の視線をステラへ向けると、ようやく表情を綻ばせた。学校長へ応じる。

「端的に言って――『書棚の迷宮』です。僕は、いきなり底の見えない谷に囲まれている巨大な円形広場に飛ばされました。そちらの広場に酷似しています。エリーとステラは別空間に。合流は出来ましたが……激しい戦闘の痕跡があります。使い手はおそらく三人」

通信宝珠から、ざわめきが聴こえてきた。

『僕も中へ』『リチャード、馬鹿言わないでください』『……ゲルハルトを呼ばねば』

学校長の切迫した指摘。

『──それは本当か？　私と君が察知出来ないとなると恐るべき魔法士………』

「……学校長？　リュカ様？　リチャード？」

突然通信が途切れ、一切通じなくなった。

ステラが長杖を構え、『光神散鏡』を発動。断固たる口調で宣言する。

「広域探知魔法を使います」「……お願いします」

即座に僕の意図を酌《く》んでくれた白衣の狼《おおかみ》聖女様は、大きく長杖を振った。

『光神散鏡』に光が反射し、隅々まで探っていく。

戻って来たエリーが口元を押さえ、感嘆している。

今のステラが操る光属性探知魔法なら、何かが残っていれば明確になる筈だ。

──やがて、光が消える。

「駄目です。何も見当たりません」

魔法の発動を停《と》めたステラが力なく頭を振り、長杖を強く握り締めた。

僕はそんな公女殿下の手に触れ、ゆっくりと白くなった指を外す。

「大丈夫ですよ、ステラ。君の魔法で見つからないのなら――……」

大樹の枝に隠れている地面がほんの一瞬だけ極々淡く光り、消えた。

少女達が僕の様子を見て不思議がる。

「アレン先生？」「アレン様、どうかされましたか？？」

僕は静かに魔杖の石突きを打つ。

――魔力の波紋が広がっていき、極めて高度な認識阻害が崩れていく。

エリーとステラが口元を押さえ、驚愕《きょうがく》する。

「ひ、人の」「足跡……？」

幻想的な光を放ちながら、広場中央へと進んで行く人の足跡が出現し、すぐに消失していく。『光神散鏡』を併用した探知魔法だから、僅かに反応したのだろう。

僕は足跡が完全に消える前に、一部を炎で地面を焦がし、片膝をついた。

「大きさと歩幅からして、男性と女性。……そして」

前方を中央へ歩いていく二人の後をつける……男と幼い女の子。

――この場にいたのは、三人じゃなく四人。

魔力の残滓からして、全員同じ時にこの場にいたのだろう。仲間ではなさそうだ。

立ち上がり、エリーとステラへ指示を出す。

「広場の中央へ行ってみましょう。何か分かるかもしれません」

「私が前に！　アレン先生とステラお姉ちゃんは、私が御守りします‼」

エリーが意気込む。

自分から意見を主張出来るようになったのは大きな進歩だ。

「頼りにしています。ステラは後衛です。僕達の背中は任せます」

「――……はい」

薄蒼髪の公女殿下は、ほんの少し不満そうに俯《うつむ》く。

何もない、とは思うけれど、万が一もある。

身体強化魔法を使えない今のステラを、戦わせるわけにはいかない。

僕はこの子の症状を治す為《ため》にやって来たのだ。

分《わ》かり易《やす》いように足跡を魔力で色付けして歩を進めていくと、中央部で止まり、次いで『男女二人』の歩幅が突然大きく左右へと分かれ――消えた。

この機敏な動きを、僕は北都ハワード公爵家の屋敷《やしき》で見たことがある。

グラハム・ウォーカーとシェリー・ウォーカーに瓜二《うりふた》つ。

やはり、この『二人』は。

「…………」

立ち止まって、片膝をつき地面の埃《ほこり》を払う、エリーとステラも覗き込んできた。

「石板……？」「王宮魔法士筆頭殿が仰《おっしゃ》っていた？」

埋め込まれていたのは、びっしりと文字が刻まれた人が抱えられる程度の石板だった。

水都で聖霊教の自称『聖女』が抱えていた物に酷似している。

文字は……読めない。旧帝国の古語でもなさそうだ。もっと古い。

そして、黒ずんだモノがべっとりとこびりついている。

——……人の血だ。

立ち上がって空間に手を伸ばすと、何もない筈なのに、掠《かす》れ、所々が崩れている魔法式が投影された。

「元々組まれていた魔法制御式が壊されて……？　それを利用し……大規模魔法を発動しようとしていた……？　クロム、ガードナー両侯が、領地に引き籠っているのは、侵入者がいたことを知っていて……？」

嫌な予感がどんどん強まっていく。

制御式に隠され、グラハムさんとよく似ている乱れた文字と魔法式が見えた。

途中で途切れている。

『今、これを読んでいる者へ。

お願いだ。

私達の魔法式を完成させて、大樹の軛《くびき》を——『鎖』を解いてほしい。

封印書庫は百年前に死んでいる。そこへ力を注げば、ただ淀《よど》み腐るだけ。

本来『十日熱病』程度の呪詛《じゅそ》は問題なかった筈なのに！　気づくのが遅すぎた。

『月神の背教者』は退けた。

でも『大樹守り《たいじゅまも》』である私には、もう命が残っていない。

軛を解かないと、あいつの思惑通り……近い将来再び『堕《お》ちた天使』が……。

そうなったら、信じられない数の人の命が殺される。

嗚呼《ああ》、ミリー……どうか、どうか君だけでも。エリーを』

——間違いない。これは遺書。

遺《のこ》したのはエリーの父親ルミル・ウォーカー。彼はおそらくこの地で……。

「アレン先生っ！！！！　上ですっ！！！！！！」「「!?」」

エリーが警告の叫びをあげ、風属性上級魔法『嵐帝竜巻《らんていたつまき》』を超高速発動させた。

天井で明滅する魔法陣――『月神教外典《つきがみきょうげてん》』に描かれていた、八片の歪な三日月を花に模したそれから顕現した怪物に直撃するも、強大な魔法障壁によって弾《はじ》かれる。

どす黒く濁った瞳。細長い石の身体に無数の蠢《うごめ》く脚。氷剣の翼と口には無数の鋭い牙。

何より――大きい。水竜に匹敵している。

『氷剣翼の石蛇』⁉

魔女の秘呪に大精霊『石蛇』の力を混ぜ合わせたのか。

しかも、この魔力は水都で遭遇した『賢者』と『聖女』の……。

「エリー、ステラを連れて」

逃げてください！　と告げる前に、石蛇は上空で金切り声をあげた。

『！！！！！！！！！！！！！！！！！！！！！』

「「っ！」」

咄嗟《とっさ》に耐風結界を重ね掛けし、何とか堪える。

生気のない眼《め》をぎょろつかせ、石蛇は僕達を憎々し気に睨《にら》みつけると、凄《すさ》まじい速度で急降下！　羽ばたく度、禍々《まがまが》しい氷片が降り注ぎ地面を抉《えぐ》っていく。

遮蔽用の石壁を次から次へと生み出し、身体強化魔法の使えないステラを守りつつ、迎撃の魔法を発動しようとし——突然、地面から植物の枝が出現し、上空へと伸びていく。

エリーはその上を疾走し大跳躍。簡易飛翔魔法⁉

「させませんっ！！！！」

風を纏《まと》わせた拳で石蛇の顔を思いっきり殴りつける。

——が。

「えっ⁉　ま、魔法がっ！」

エリーの見事な一撃は未知の魔法障壁に防がれた。風属性に対する完全耐性かっ。

石蛇が大顎を開け、空中の年下メイドを噛《か》み殺《ころ》さんとし——

「二人共、目と耳を閉じてくださいっ！」「「⁉」」

僕の放った閃光《せんこう》魔法と音響魔法が炸裂《さくれつ》し、空洞一帯を包み込む。

『！！！！！！！！！！！！！！！！！』

至近距離からまともに喰《く》らった石蛇が空中をのたうち回り、壁にぶつかり、書棚を薙《な》ぎ倒《たお》しながら、落下。翼に触れた箇所が凍結していく。

僕はステラを左腕で抱きかかえ後退しながら、植物を操ってエリーも回収。

土魔法で遮蔽用の石壁を生み出し、今の戦闘で把握したことを二人へ伝える。

「魔力からして……あの石蛇を生み出したのは、水都で大魔法『墜星』を放った謎の魔法士と聖霊教の自称『聖女』です。【双天】が見せてくれた魔女の秘呪に、大精霊『石蛇』の残滓《ざんし》を混ぜ込んでいます。魔法陣の発動状況を鑑《かんが》みるに、召喚式。エリーの一撃を防いだところから、関係する属性――氷を構成している『風』『水』『闇』は勿論《もちろん》、『土』に対して強い耐性を持っています。『氷』そのものは言うまでもありません」

エリーが動揺し、ステラも表情を硬くする。

こんな怪物が、王都の地下にいるなんて反則……この罠《わな》、何時設置されたんだ？

『聖女』は分からないけれど、『賢者』の魔力は比較的新しい。

まさか、誰かしらが此処《ここ》に来ることを見越して罠を。

『――私だけのアレン』

首筋に少女の冷たい手が触れる感覚がした。

「ア、アレン先生？」「アレン様？」

書棚を吹き飛ばし、石蛇が浮かび上がり、渦を巻く凍った石槍《せきそう》を生み出していく。

僕の様子がおかしいことに気付き、二人が身体《からだ》を揺らしてきた。

右手を少しだけ上げ謝意を示す。

「……現時点で結論は出せません。分かっているのは――エリー！　ステラをっ‼」

「はいっ！」「っ！」

年下メイドさんへ白衣の公女を託し、僕は別方向へと跳んだ。『氷神散鏡《ひょうじんさんきょう》』を発動。

襲い掛かる氷石槍を逸《そ》らしながら、次々と石壁が砕かれていく広場を駆ける。

石蛇は僕を倒せないことにいら立ち、魔法の斉射を中断。

自分の周囲に八つの魔法を瞬間展開していく。風属性の広範囲魔法！

「ちっ！」

舌打ちし方向転換。解析が間に合っていない為、魔法消失は間に合わない。

魔力量による正面からのゴリ押しは、僕が最も苦手とする戦術なのだ。

石蛇の濁った瞳が光ると、八つの魔法もそれに連動。

灰色の竜巻が水平に放たれ、広場を抉り取りながら僕へと迫る。回避は不可能だ。

こうなったら『銀華《ぎんか》』の魔力を使うしか――

「アレン先生に手は出させませんっ！！！！」


横合いからブロンド髪を靡《なび》かせ、エリーが前方へと割り込み、八発の土属性上級魔法『土帝竜壁《どていりゅうへき》』を発動させた。制帽が上空高く舞い上がる。

後方からステラの光魔法が降り注ぎ、エリーの魔法に重ねられ防壁を強化していく。

暴風を防ぎ切って見せたエリーが振り返り、血相を変えて叫ぶ。

「大丈夫ですかっ⁉　お怪我《けが》したりしていませんかっ⁉」

「え、ええ。大丈夫――エリー！」「はいっ！」

左右に分かれて跳び、自ら突進してきた石蛇の鋭い氷牙を躱《かわ》す。

石壁の残骸を全力で蹴って――『銀氷《ぎんひょう》』の断片を魔杖《まじょう》の穂先に発動。

身体を翻《ひるがえ》そうとした石蛇の蠢く脚を、灰色の『盾』ごと斬り飛ばすっ！

声なき絶叫をあげ、灰色の血をバラまきながら怪物が空中をのたうち回り、一旦距離を取る。灰光が瞬《またた》き、再生していく。『蘇生《そせい》』と『光盾《こうじゅん》』の残滓も組み込まれているか。

地面に着地するや否《いな》や、エリーとステラが駆け寄って来る。

「アレン先生！　このままじゃ！」「アレン様！」

二人の瞳には強い切迫感。

怪物が尋常ならざる相手だということを理解しているのだ。このまま戦っていれば、何《いず》れは魔力量の差で圧殺《おしころ》される。

二人と魔力を繋《つな》いでも、魔力量の差は埋めようがない。

先程見えた魔法式……水都神域の『水』を媒介にして大樹の力を用いれば、あるいは。

対岸で書棚を薙ぎ倒し浮遊していく異形の怪物を見ながら、僕は頭を振った。

駄目だ。あいつを相手にしながら、遺された魔法の構築式は組めない。

信じるしかない、か。

僕は勇敢な年下メイドさんと公女殿下を見た。

「？　アレン先生？？」「……アレン様？」

『銀華』の魔力を解放し、石蛇を炎花で包囲。閉じ込める。

猛火の中で怪物がのたうつのを確認し、僕は少女達に向き直った。

「二人に頼みたいことがあります。聞いてくれますか？」

エリーとステラは顔を見合わせ、力強く頷《うなず》いてくれる。

そんな頼もしい教え子達へ、僕は遺された魔法式がおそらくエリーの父親によるものであること。それを二人の力で修復してほしいことを手早く説明した。

「君達なら必ず直せます。その間、あいつは僕が足止めを！」

石壁から出ようとすると──背中に温かさ。

エリーとステラが涙ぐみながら訴えてくる。

「……絶対、死なないでくださいっ」「……貴方《あなた》がいない世界なんて、いりません」

女の子を泣かすなんて、僕は駄目な男だな。

二人の頭を優しく撫《な》で、微笑《ほほえ》む。

「当面、死ぬつもりはありませんよ──行ってくださいっ！」

「……っ」「エリー！」

年下メイドさんは涙を拭い、公女殿下が妹同然な少女の背を押す。

石板がはめ込まれていた広場中央へ走る二人を見送り、僕は魔杖を構えた。

炎花を振り払った石蛇は濃い憎悪《ぞうお》を撒《ま》き散《ち》らし、光のない瞳で僕を睥睨《へいげい》している。

長く眠っていて力の使い方を忘れていたのか、襲い掛かってきた当初よりも、魔力が増している。水都で戦った屍竜《しりゅう》並。いや、それ以上か。

「……また、リディヤに怒られそう……いや、カレンにもだな……」

苦笑しながら魔杖の魔力を解放。穂先に炎と雷の刃を形成する。

相手はほんの一片とはいえ土の大精霊。出し惜しみは出来ない。

『ヤクワリヲ終えたカギ……シスベシッ！！！！！！！！！！！！！！！！』

石蛇がたどたどしい人語を叫び、氷剣翼を硬質化させて空中を突進。……役割、か。

『銀華』の宝珠が揺らめき、急加速した炎槍《えんそう》と雷槍が両翼を強襲。

接触した瞬間に自壊式を発動し、異形の怪物を強制的に広場へ叩《たた》き落《お》とす。

声ならぬ悲鳴を上げ、地面に叩きつけられた石蛇へ、今度は光属性中級魔法『光神槍』が降り注ぎ、身体を穿《うが》ち、脚を吹き飛ばす。

これで少しは時間を稼げ……石蛇は光のない瞳をぎょろつかせ、魔力に物を言わせて翼と脚を再生。

数えきれない灰色の『光盾』を生み出し、自壊する度に全てを埋めていく。

こいつの主、魔法士との戦闘方法に熟達しているっ。

光槍の雨降る中、空中へと飛び上がった石蛇が勝ち誇るかのように大口を開け、豪雨のような氷石矢を放ってきた。

「くそっ！」

魔杖の魔力を用い切り札——炎属性極致魔法『火焰鳥《かえんちょう》』を顕現。

圧倒的な物量に火力で応戦し、辛《かろ》うじて防ぐ。魔杖の魔力は残り一発分しかない。

「エリー！　ステラ！」

振り向きはしない。

僕の役割はこの子達の準備が終わるまで、目の前の怪物を足止めすることだ。

「もう少しで修復出来ますっ！　で、でも……ステラお姉ちゃんがっ！」

エリーの動揺が声と魔力に表れる。緊急事態のようだ。

僕は即座に残る魔杖の全魔力を吐き出し、真なる氷——『銀氷』の断片と氷属性極致魔法『氷雪狼《ひせつろう》』を同時発動！

一陣の雪風が吹き荒れ、氷狼《ひょうろう》は大咆哮《だいほうこう》。石蛇を真正面から抑え込んだ。

氷に対して完全耐性を持っていたとしても『銀氷』は異なる。

『ジャアクっ！　ジャアクっ‼　汝《なんじ》ハ世界ヲ滅ボスモノ！！！！』

石蛇の罵詈雑言《ばりぞうごん》を聞き流し、広場中央へと後退。

両膝を地面につき、顔を伏せて身体を震わせている公女殿下の傍《そば》へ。

「ステラ!」「ス、ステラお姉ちゃん?」

「………アレン様、エリー」

「!」

顔を上げた少女を見て、僕達は絶句する。

ステラは瞳を涙で真っ赤に染め、ただただ辛《つら》そうに嗚咽《おえつ》していた。何が……

「! アレン様っ⁉」「くっ!」

右手を振るい、炎花を全力展開。苦し紛れに放ってきた巨人族よりも長い氷石槍を辛うじて逸らし、年下メイドさんを落ち着かせる。

「エリー、大丈夫ですよ。……ステラ」「あ…………わ、わたし……あしでまといに」

「ステラ!」

左肩を摑《つか》み、目を合わせる。

……東都で『炎麟《えんりん》』が暴走した時も、ティナにこんな風にしたな。

「大丈夫です。僕は死んでいませんし、エリーも、君も死なせません。……大丈夫です」

ステラの双眸《そうぼう》から涙が溢《あふ》れ出《だ》す。

「……この魔法式の土台…………御母様の、です……」

「っ⁉」「こ、この綺麗《きれい》な魔法式が……ロ、ローザ様の……？」

遺《のこ》された大規模魔法――封印書庫へ過剰に使われている大樹の魔力を、本体へ戻す式を修復していたエリーの手も止まる。

……これは僕の誤りだっ。

ローザ・ハワード様の魔法式を見たことはない。けれど、北都に遺されていた、ティナ達用の氷魔法は知っている。冷静に見ていれば事前に気付けたっ。

今の精神状態じゃステラは戦えない。

後で謝らないとな……躊躇《ためら》いを振り払い、年下メイドに手を伸ばす。

「エリー、力を貸してください――今はとにかくあいつを倒します！　ステラ、落ち着いて、ゆっくりと深呼吸を繰り返してください。……大丈夫です。……大丈夫！」

ステラが反応する前に、年下メイドさんは真剣な表情になり、

「…………はいっ！」

僕の手を取った。魔力をごく浅く繋ぐ。

小さく「……アレン先生に魔力を結んでもらいました。温かいです……」と零《こぼ》し、凄《すさ》まじい速さ

で魔法式の修復を再開した。
薄蒼髪《うすあおがみ》の聖女様は呆然《ぼうぜん》とし、それでも、己を奮い立たせようと涙を拭い——
『矮小《わいしょう》ナルモノっ！！！！！！！！！！！！！』
『氷雪狼』を粉砕した石蛇が姿を現した。
大顎を開き、前方に三日月形の魔法式を円状に展開し始める。
禍々《まがまが》しい『月花』に魔力が結集し灰の氷嵐が吹き荒れる。全て吹き飛ばす気かっ！
右手を大きく振り、石蛇の周囲を六本の炎花の柱で包囲。
魔杖を高く掲げ、思いっきり振り下ろす。
炎花の嵐『七炎斬花《しちえんざんか》』が、怪物を猛火の地獄へと引きずり込む。
『！？！！！！！』
目も開けていられない程の炎が石蛇を包み込み、『月花』を崩壊させていく。
荒く息を吐いていると、ステラが僕の左手首を強く掴んだ。

「……御心配おかけしました。もう、大丈夫です……。私の魔力も使ってください」

少女の顔には悲愴《ひそう》感。立っているのも辛そうだ。

僕は猛火を確認し、未《いま》だに涙の止まっていない薄蒼髪の公女殿下を説得する。

「ステラ……無理は」「お願いしますっ！」

「………………分かりました」

頬に触れ、ほんの浅くステラと魔力を繋ごうとし——

「っ⁉」「……え？」

突然断ち切られ、無数の闇片が舞い、荒れ狂う。

……こんなこと初めてだ。

僕もステラも愕然《がくぜん》としお互い声も出ず、少女の手から長杖《ちょうじょう》が零れ落ちる。

「ステラ——」「アレン先生！　魔法が破られますっ‼」

エリーの鋭い注意喚起。炎が弱まる中、広場全体が大きく震え、

『死スベシッ、死スベシッ、死スベシッ！！！！！！！！！！！』

石蛇が炎の中から現れ、絶叫。空中で先程潰した魔法を再展開し始める。

茫然自失《ぼうぜんじしつ》な様子の公女殿下を抱きかかえ、名前を呼ぶ。

「エリー！」

「どんな時だって――アレン先生と一緒なら、怖くありませんっ！！！！」

僕は虚空《こくう》から『水』を取り出し――解放。

自信に満ち溢れた様子のエリー・ウォーカーと視線を合わせ、ルミル・ウォーカーの遺した大規模魔法式を発動！

複数の『鎖』が断ち切られる大きな音が響き渡り、空洞全体が激しく揺れ、神聖さが一挙に増し――

『!?!!!!!!』

地下から無数の枝が石蛇を捕らえ、拘束し、締め上げ、翼や脚を引き千切っていく。

王都の大樹が応えたっ!?

「エリー、ステラをお願いします」「はいっ！」「…………」

僕は公女殿下を年下メイドへ託し、短距離転移魔法『黒猫遊歩』を発動！

「これでっ！！！！」

魔杖『銀華《ぎんか》』に『銀氷《ぎんひょう》』の断片で刃を形成。

大樹の枝に締め付けられ藻掻《もが》く石蛇の上空に遷移し、首元へ突き立てる！


『アアアアアアアアっ！！！！！――白黒の天――……………！！！！！！』


石蛇は生気のない目でステラを凝視して絶叫。灰となって消えていく。

地面へと降り立ち、エリーとの魔力の繋《つな》がりを切ると、片膝がガクンと落ちた。

「ア、アレン先生っ！」「…………」

年下メイドが慌てて大樹の枝を避けながら駆けて来る。ステラは呆然としたままだ。

「二人共、怪我《けが》はない」

最後まで言い終えることが出来ず、薄蒼髪の聖女の姿が沈み込んだ。

「……っ!?」「ステラっ！」

地形すら一変させる植物魔法に広場が耐えきれず、大きな亀裂が走っていく。

身体強化魔法を使えず、心理的動揺の激しいステラに、そこから逃れる術はない。

浮遊魔法を発動させようとするも、恐ろしく強い魔力によって自壊する。

『人為的な神域の顕現』

大樹の『軛《くびき》』を外したことで、長年貯《た》め込まれていた魔力が噴出して。

これを用いて、ウォーカー夫妻は『十日熱病』を一挙に浄化しようとしたところを……

身体が動き、崩れていく残骸を思いきり蹴り、底のない谷に投げ出されたステラの身体を抱きかかえる。

「アレン様っ⁉」「エリー！　みんなに連絡をっ！　これを使ってくださいっ！」

体勢を入れ換え、呆気《あっけ》に取られている年下メイドへ『水』の小瓶を投げ渡す。

我に返ったエリーが悲鳴じみた声で僕達の名前を叫ぶ。

「アレン先生っ！！！！　ステラお姉ちゃんっ！！！！！」

答えることも出来ず、僕とステラの身体は漆黒の闇の中に呑《の》み込まれていった。

エピローグ

「ち、ちょっと……ちょっと、待ちなさいよ、リディヤ！」

「あ、姉様、待ってくださいっ！」

長い紅髪《あかがみ》を靡《なび》かせ、ルブフェーラ公爵家邸の廊下を足早に進む親友を、私とリィネさんは必死に呼び止めた。

窓硝子《ガラス》越しに見える、夜の王都は厚い雲に覆われ、何処《どこ》か重苦しく見える。

リディヤの横顔には、アレンがいない時にしか見せない怜悧《れいり》さが表に出て、足下のシフォンですら怖がっている。

それでも──腰に提げた魔剣へ手を置きながら、剣士服の紅髪公女は振り返った。

前髪に通信宝珠を付け軍用外套《がいとう》も羽織り、封印書庫へ行く準備は万端といった様子だ。

「……五月蠅《うるさ》いわね、シェリル。今の私には、とっととあいつを回収して、その後お説教をしながら夕食を摂《と》るっていう、世界で一番大事な予定があるの。あんたの護衛はエフィやノアでも十分でしょう？」

剣呑《けんのん》な口調。そこに余裕は殆《ほとん》ど感じ取れない。

アレンに特別な魔法をかけてもらったせいか、最近は大人な態度だったのに。

……事態はそんなに切迫して？

理性と王女としての義務感で冷静さを保とうとしている私の心が、罅割《ひびわ》れる。

アレンが……私の大事な人が、封印書庫でステラさんと共に行方不明だなんてっ！

叫びだしそうになるも、不安そうに手を握り締めているリィネさんと、うろうろと歩き回るシフォンを見て、辛《かろ》うじて平静さを取り戻す。

――駄目よ、シェリル。貴女《あなた》はウェインライトの第一王女。落ち着かなきゃ。

魔法衣の袖を摑んで腕組みをし、努めて柔らかい口調でリディヤを諭す。

「何をそんなに焦《あせ》っているの？　アレンなら大丈夫よ！　教授も会議を切り上げて、学校長と一緒に動いて下さっているし、もう少し情報を集めてからでも遅くは――」

「そう言っていて、王都も東都も戦場になった。エリーの第一報通りなら、罠《わな》を仕込んでいたのは聖霊教に関与している『賢者』。常識は一切通用しないわ」

「…………」

容赦のない反論に私は口を閉ざす。

オルグレン謀反《むほん》の可能性をアレンに指摘されながら、集められた情報を読み間違え、大乱を招いたのは王国上層部であり、それを裁可したのは父なのだ。

リディヤの剣よりも鋭い眼光が私を貫く。

「今現在、二人との連絡は完全に途絶。魔力も、大樹による『神域化』によって感じ取れない。そして、その場所はあいつを排斥してきた連中が重要視している封印書庫。私が助けに行かない理由を教えてくれる、シェリル・ウェインライト王女殿下？」

「だ、だからって……」

王女としての私は、『剣姫』リディヤ・リンスターが直接介入することを、常識的な観点から反対している。

でも――……『シェリル』という少女は、親友の意見に諸手《もろて》を挙げて賛成しているし、私も一緒に行きたい。アレンとステラさんを助けたい。

私が葛藤していると、リディヤは少しだけ表情を崩し、制服姿の妹さんを呼んだ。

「リィネ」

「は、はい、姉様！」

ビシッ、と背筋を伸ばし、今にも敬礼しそうな勢いでリディヤの言葉を待っている。きっと、根がとにかく真面目で良い子なのだろう。

対して、アレン以外の前では悪い子になる時が多い紅髪の公女は、何でもないかのように、言葉を発した。

「エリーに先を越されたみたいよ？　どう思うの？」

「！？！！！」

まるで雷が走ったかのように、リィネさんの身体が一瞬震え、目を見開く。

そして、早足にリディヤの隣へ移動。瞳には嫉妬の業火《ごうか》が燃え盛っている。

「シェリル王女殿下──申し訳ありませんが、私も姉様に賛同します。女の子には、決して譲れない戦いがあるんですっ！　……順番的には私の筈《はず》です。そうですっ！　これでリリーにまで先を越されたら、もう立ち直れませんっ！」

「リ、リィネさん⁉」

今のってどういう──……まさか？　アレンが魔力を繋いだの⁉

わ、私だって、一度しか繋いだことがないのにっ！

外套を羽織った狼《おおかみ》族の少女が前から歩いてくる。制帽はアレンの物らしい。

「リディヤさん、馬車をお願いしておきました。外で待ちましょう」

「ありがとう、カレン。ま、私の義妹なら当然だけれど」

「私に義姉はいませんが……兄さんをお説教する為《ため》になら手は貸します」

「悪くない答えだわ」

息の合ったやり取りをし、リディヤとカレンさんは連れ立って歩き始めた。

少しだけ……ほんの少しだけ、胸が痛む。

王立学校時代、リディヤの隣を歩けるのは、アレン以外では私だけだった。

リィネさんが「あ、姉様！　カレンさん！　待ってくださいっ！」と追いかけ、シフォンまでもが駆けて行く。

「……もうっ！」

私も小さく悪態をつき、小走りでみんなの後を追った。


「リディヤ、遅いわよ」「早く行きましょう～」

正面玄関で私達を待ち構えていたのは、紅の軍装に身を包んだ二人の美女だった。腰には剣と細剣を提げている。

リディヤは苦虫を噛《か》み潰したような表情になり、リィネさんはカレンさんの背に隠れ沈黙。

私も困惑を零《こぼ》す。

「リサ様、フィアーヌ様。貴女様《さま》方まで……」

『血塗《ちまみ》れ姫』と『微笑《ほほえ》み姫』。

大陸最高格の剣士二人が動く。アレンとステラの遭難はそれ程の事態だと？

御二人が最新情報を教えて下さる。

「エリーが地上に戻ったわ」「今はティナちゃんとリリーが見ているみたい」

『！』

通信宝珠で連絡が取れたと聞いてはいたけれど、無事戻れたのは喜ばしい。

でも――リディヤとカレンさんが表情を険しくする。

「……御母様」「リサさん、兄さんとステラは……」

紅髪の公爵夫人が目を細め、嘆息。

「エリーの話だと、戦闘には勝利したものの広場が崩落。アレンとステラは谷底に落ちて行ったそうよ。……本人は混乱状態で、今は泣き疲れて眠ってしまっているわ」

「ティナちゃんとリリーも暴れたみたいなのだけど～ロミーに制圧してもらったわぁ。王都近郊で待機させておいた『紅備《あかぞな》え』主力と近衛《このえ》騎士団本隊は既に封印書庫へ移動済み。食事その他諸々《もろもろ》の手配は、フェリシアちゃんに全部お任せね」

『!?』

……もう、実戦部隊の本格投入すら想定している？

　リディヤですら身体を硬直させ、黙り込む中、私は素直に困惑を告げた。

「……リサ様、フィアーヌ様。貴女様方は――いえ、父も含め、何をそこまで恐れておいでなのですか？　アレンとステラを喪《うしな》うことは国家の損失です。けれど……」

　それ以上は言葉にならない。

　アレンの同期生として、彼に救われた女として……絶対口には出したくない。

　長い紅髪を手で払い、リディヤが私へ容赦なく問題を丸投げしてきた。

「小難しい話はあんたに任せるわ。カレン、リィネ、どうするの？」

「勿論《もちろん》、助けに行きます。東都の攻防戦で学びました。兄さん関係で迷うのは純粋に悪です。想《おも》ったら即行動！　後は兄さんに全部押し付けます」

「全面的に同意します。……私も兄様に主張しないといけないことが出来たので」

　こ、この子達……アレン！　どういう教育をしているのよっ⁉

　私が内心で同期生の男の子に悪態を吐いていると、リンスター公爵家のメイド、シンディに見守られながら、白髪と紅髪の獣耳幼女――アトラとリアが階段を下りてきた。お揃《そろ》いの外套が愛らしく、強大な八大精霊達には見えない。

　幼女達は一階に降り立つとシフォンのお腹《なか》に抱き着き、顔を上げ教えてくれた。

「アレン、大変っ！」「優しいけど、怖い子いるっ！」

場の空気が一気に重くなる。

……この子達の言葉は神託に等しい。

「おや？　皆、お揃いのようだね」「……うわぁ」

玄関が開き、大学校へ戻られていた教授が、特徴的な魔女帽子を被《かぶ》った少女──アレンとリディヤの後輩である、テト・ティヘリナさんを連れだって入って来た。

何時《いつ》の間《ま》にか黒猫姿のアンコさんが、シフォンの頭の上に乗っている。

リディヤが眉をひそめた。警戒の炎羽《えんぱ》が舞う。

「……教授？　テトを招集した──まさか、封印書庫を封鎖する気？」

「待った。待とう、リディヤ嬢。僕は君の味方だ。……まぁ、テト嬢は違うかもしれないが。普段もアレンや君の愚痴を零しているし」

あっさりと教え子を売った王国最凶魔法士様は両手を掲げた。フィアーヌ様が「相変わらずですねぇ～」と呟《つぶや》き、来年大学校受験予定と聞くカレンさんも考え込む。

テトさんが激しく抗議する。

「教授っ⁉　い、一般人の私を巻き込まないでくださいっ！　……幾ら研究室で一番寛容な私でも怒りますよ？　あらゆるコネを使って、お嫁さん候補を直ちに送りつけ──」

「ハッハッハッ。テト嬢、僕は何時だって君の味方だよ。敵になるのは、天地がひっくり返っても、儲《もう》からない魔道具屋を志望先にした時くらいさぁ」

「………事が終わった後、お話があります」

教授の研究室って『王国で最も入るのが困難』って言われているのに、どうなっているのかしら？　アレンもあまり話してくれないし。

笑っていた教授が眼鏡を直すと――空気が変わった。

「アレンがテト嬢に、水都で入手したローザのメモを解読させていたのは知っているね？　その内容が遂《つい》に判明した。……と、言っても短文の羅列だったようだけど。おそらく、本人にとっては備忘用だったんだろう。書かれていたのはこれだ」

私達は一斉にメモ紙を覗《のぞ》き込む。

『大樹守《たいじゅまも》りの末裔《まつえい》が生存？』『天使創造』『師の怨敵は月神の背教者』

訳が分からない。分からないけれど……教授が左手を軽く挙げられた。

「少し長くなるけれど説明しよう。僕達が何故《なぜ》ここまで警戒しているのか――百年前の王国に現れた『白の聖女』候補にして、『天使』、から『悪魔』に堕《お》ちたとある少女の話を。……アレン達は彼女と出会う可能性がある。懸念《けねん》はしていても、まさかこんな事態になるなんて想像の埒外《らちがい》だった。シェリル嬢、君はどうする？　無理強いはしないよ。情報の公開については未《いま》だレティ殿が陛下と直談判《じかだんぱん》中でね。これを話すのは僕の独断だ」

みんなの視線が私に集中。

王女としてなら、聞くべきじゃないのだろう。内容的に国家機密扱いの代物だ。

でも……胸に手を強く押し付け、目を閉じる。アレン。

「──私は」

窓の外から雷鳴が轟《とどろ》き、強い雨が降り始めた。

＊

「う、ん………」

最初に感じたのは後頭部の温かさと、髪を撫《な》でられるくすぐったさだった。

無茶を重ねた身体《からだ》は重く、出来ればまだ眠って──……目をゆっくりと開けると、そこにいたのは、袖が破れ、目元に涙の痕が残る白衣姿の公女殿下。

周囲を漂う翡翠灯《ひすいとう》の下、薄蒼髪《うすあおがみ》は少し汚れているものの、表情は落ち着いている。

少女は僕が起きたことに気付き、空いている手を伸ばして頬に触れてきた。

「おはようございます──アレン様」

「お、おはようございます。ステラ」

髪を梳《す》かれながら、混乱する記憶を呼び起こす。

えっと、まず僕達はステラの症状を解決する為に封印書庫へ降りた。

その後、『氷剣翼を持つ石蛇』と交戦して……身体を起こそうとすると胸を押される。

「まだ起きちゃ、めっ！　です。怪我《けが》はありませんでしたが、魘《うな》されていました。ただ、他の子達の名前は出ましたけど、私の名前だけ出ませんでした。説明を求めます」

子供のように頰を大きく膨らませ、ステラがむくれる。

──ああ、そうだった。

僕はこの子と一緒に谷へ落下。

底に着く前に辛《かろ》うじて浮遊魔法を発動し、魔力切れで気絶したんだ。

「え、えーっと、それは、ステラに対して何の不満も持っていないからだと……」

「不満を持ってください。……叱ってください。お前は魔力も繫《つな》げないのかって」

額に大粒の涙が落ちて来た。

拭っても、拭っても、新しい涙が溢《あふ》れ、頰を伝い、僕の胸を濡《ぬ》らす。

「……私のせいで……こんな事になってしまったんです。私が魔力を繫げれば、私の心が強ければ……アレン様とエリーには私を怒る権利があります……」

「まさか、怒りませんよ」

今度こそ上半身を起こす。近くにはステラの長杖《ちょうじょう》が置かれている。

僕達がいるのは、大樹の枝や根が這《は》い出《で》ている奇妙な空間だった。翡翠《ひすい》光も相まって幻想的な風景ではある。少し先に、屋根が吹き飛んだ古い廟《びょう》らしき建物が見えた。

……王宮の地下、か？

ハンカチを取り出し、ステラの涙を拭う。

「あんな場所でローザ様の魔法の痕跡を見つけるなんて、誰にも想像できません。肉親のステラが衝撃を受けるのは当然です」

「……ありがとう、ございます……」

やっと、泣き止《や》んでくれた聖女様にホッとし、僕は考え込む。

天を仰ぐも、落ちた広場は漆黒の闇に包まれ、全く見えず。

魔杖『銀華《ぎんか》』と右手の腕輪は魔力を損耗。通信宝珠は――駄目だ。通じない。

「さて、どうやって帰りましょう。探知はしてみましたか？」

「……いえ」

公女殿下が手を握り締め、小さな光球を作り出そうとし――形にならず、砕けた。

魔法式に一切の瑕疵《かし》はない。……どういうことだ？

「気付いた時には光魔法も使えなくなっていました。この魔力灯は自然の物で……。ただ、魔力は今までよりも明確に感じ取れます」

「もしかして、僕と魔力を結ぼうとしたのが悪い方向に……ステラ、痛いです」

薄蒼髪を魔力で浮かび上がらせながら、少女は僕の頰を抓《つね》ってきた。

周囲の翡翠光が、白と黒へ変わっていく。

「そんなことありません。絶対にあり得ません。……この場所が上と同じなら、中央部に何かあると思います」

「……行ってみましょう。自分で立てますよ？」

「駄目です」

苦笑しながら、ステラに手を引かれ立ち上がる。

魔杖を手にし、『雷神探波』を発動。紫電が走っていくも、空間を出られず消えた。落ちる際、浮遊魔法を消失させられたのと同じ理屈のようだ。

つまり、此処《ここ》は上層部と同じく『神域』かそれに類する地！

……不味《まず》い所に入り込んだな。入るのも、出るのも大変そうだ。

僕は謎の症状が改善するどころか、魔法も使えなくなってしまった少女に話しかける、

「ステラ、僕が前に」「いいえ。私がアレン様を守ります」

数歩前へと進み、長杖をクルクルと回し、演舞を披露。

「ハワード公爵家の娘として、鍛錬は積んでいます。任せてください」

「……無理は」「それは私の台詞《せりふ》だと思います」

状況は危機的だけれど、何時になくはしゃいでいるのかも？

僕達が思っている以上に、気を張り続けていたのかもしれない。

魔法を幾つか紡《つむ》ぎ、二人して歩いて行くと、小さな屋根のない廟の跡地が見えてきた。

地面は一面の白い花に覆われ、そして――……。

「槍《やり》と蒼い剣？」

無数の【星槍《せいそう》】が地面、柱に突き刺さり、中央の石壇には、美しく神性すら感じさせる剣が突き刺さっていた。柄の部分には精緻な蒼薔薇《あおばら》が意匠されている。

東都で聞いた、レティ様の言葉が自然と思い出される。

『百年前――八翼の『悪魔』を【星槍】で打倒し、王宮地下に封じた』

まさかな。幾ら何でも……学校長も『百年前の事件』と以前、言っていたな。

「…………」

僕が考えを打ち消していると、白衣の聖女は黙ったまま歩き始めた。

「ステラ？　どうかしましたか？？」

一歩進む毎《ごと》に、白と黒の光球がその数を増し、地面を覆う白の花も、一部が黒く染まっていく。胸騒ぎと戦慄が同時に起こり、咄嗟《とっさ》に、剣へ手を伸ばした少女の背中へ叫ぶ。

「それに触っちゃ――っ⁉」

直後、衝撃波が走り、僕は後方へ大きく吹き飛ばされた。

残存していた屋根は砕け散り、白黒の魔力が少女を飲みこむのがはっきりと見えた。

空中で風魔法と浮遊魔法を同時に発動し、どうにか地面に着地。

地面全体を純白と漆黒の花が覆い尽くしていき、無数の花弁が舞い散る。

心臓は緊張と恐怖で動悸《どうき》し、冷や汗が止まらない。

魔杖『銀華』を構え、上空にいる存在へ視線を合わせる。

右手には禍々《まがまが》しく漆黒に染まりし蒼薔薇の剣。

左手には黒光を湛《たた》え、宝珠を凍結させた魔杖。

美しかった白金の薄蒼髪は、半ばから白髪と黒髪へ変貌。生きているかのように大きく揺れている。

感じ取れる魔力は『竜』『悪魔』『吸血鬼』。

『勇者』と『魔王』。

そして――……【魔女】。

何より――背中には、純白と漆黒の四翼。

破れた白衣と相まって、この世ならざる者だという想《おも》いが消えてくれない。

僕とリディヤがかつて交戦してきた怪物達の魔力をも超越している。

瞳を閉じている、ステラ・ハワード公女殿下の身体を乗っ取った存在の名を零《こぼ》す。

「……白黒の天使……」

天使がゆっくりと目を開け――深白《みしろ》と深黒の双眸《そうぼう》を煌《きら》めかせ、壮絶なまでに美しい笑みを浮かべた。冷や汗が頬を伝っていく。

「これは……もしかしなくても、絶体絶命、というやつかな？」

引《ひ》き攣《つ》った独白は吹き始めた氷風の中に消える。

次の瞬間、恐るべき天使は一切の容赦なく、僕目掛けて襲い掛かってきた。

あとがき

四ヶ月ぶりの御挨拶、七野《ななの》りくです。『公女』もお陰様で十三巻となりました。

一巻発売が二〇一八年の末……ほぼ四年間で十三冊。

我ながら頑張ったんじゃないかと！

……人の限界値はここら辺だと考えますが、読者様的にはどうでしょうか？

本作はWEB小説サイト『カクヨム』で連載中のものに、加筆したものです。

前巻でも書きましたが、一文字でも使っていたら『加筆』なのです、ええ！


内容について。

『公女』は毎巻、最低でも初稿から五十頁《ページ》以上削っています。

王女殿下は今まで、その際に出番を削られていた（※他キャラに強奪されていた）わけですが……十三巻にして、表紙、そして口絵登場という快挙を成し遂げられました。

今巻こそ、正しく完全勝利なのではないでしょうか！

作者的にはこの方、剣姫様、狼《おおかみ》聖女さん、はいからメイドさんと並んで劇物認定しているので、忸怩《じくじ》たるものがないとは言えませんが……仕方ありません。
シフォンの健気《けなげ》さに免じて、許そうと思います
……でも、次巻はもっと暴れそうなんだよなぁ。

宣伝です。

『双星の天剣使い』同日発売です。

此方《このかた》、昨今滅多に御目《おめ》にかかれない、華流戦記ファンタジーとなっております。

cura先生に描いていただいた、ヒロインの凛々《りり》しさと可愛《かわい》さは必見なので、是非。


お世話になった方々へ謝辞を。

担当編集様、今巻もお疲れ様でした。次の原稿も頑張ります。

cura先生、毎巻、本当に有難《ありがと》うございます。新シリーズでも、どうぞよろしくお願い致します。

ここまで読んで下さった全ての読者様にめいっぱいの感謝を。

また、お会い出来るのを楽しみにしています。次巻、天使と竜と。偽《にせ》聖女様は怖いよ。

七野りく

お便りはこちらまで
〒一〇二‐八一七七
ファンタジア文庫編集部気付
七野りく（様）宛
ｃｕｒａ（様）宛

富士見ファンタジア文庫

公女殿下《こうじょでんか》の家庭教師《かていきょうし》13

大樹守《たいじゅまも》りの遺言《ゆいごん》

令和４年11月20日　初版発行

著者――七野《ななの》りく

発行者――山下直久

発　行――株式会社KADOKAWA
〒102-8177
東京都千代田区富士見2-13-3
0570-002-301（ナビダイヤル）

印刷所――株式会社暁印刷

製本所――本間製本株式会社

※定価はカバーに表示してあります。
●お問い合わせ
https://www.kadokawa.co.jp/（「お問い合わせ」へお進みください）
※内容によっては、お答えできない場合があります。
※サポートは日本国内のみとさせていただきます。
※Japanese text only

ISBN978-4-04-074735-4 C0193 ◇◇◇

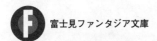

ティナ
四大公爵家のひとつ、ハワード家に生まれた公女殿下。なぜか誰でも扱える程度の魔法すら使うことができない。
変えるはじめましょう
アレン
公爵令嬢ティナの家庭教師を務めることになった青年。魔法の知識・制御にかけては他の追随を許さない圧倒的な実力の持ち主。
発売中!

切り拓け！キミだけの王道
ファンタジア大賞
原稿募集中！
賞金
《大賞》300万円
《金賞》50万円
《銀賞》30万円
選考委員
細音啓 「キミと僕の最後の戦場、あるいは世界が始まる聖戦」
橘公司 「デート・ア・ライブ」
羊太郎 「ロクでなし魔術講師と禁忌教典《アカシックレコード》」
ファンタジア文庫編集長
前期締切 8月末日
後期締切 2月末日
公式サイトはこちら！ https://www.fantasiataisho.com/
イラスト／つなこ、猫鍋蒼、三嶋くろね